桃源花開

蘆鶯啼——著

【各界名家推薦】

晉陶淵明的《桃花源記》，以極為精練優美的文字，完成一篇文學價值及意境均備受推崇的古典名作。從「芳草鮮美，落英繽紛」到「後遂無問津者」，短短的文字道盡了桃花源的美麗與哀愁，不但創造了東方所屬的「理想國」，更成為後世許多創作者取材的靈感來源。

本作《桃源花開》便是取材自陶淵明名作《桃花源記》所創作的奇幻小說，以優美的文字，編織出引人入勝的奇幻世界，筆法成熟流暢，讓人感覺不到是出於首次出版的新銳作家之筆，本作獲選為金車奇幻小說獎優選作品可謂實至名歸。

在小說中女主角的天真爛漫，充份展現了桃花源與世隔絕的純潔民風，而外來者各有心思，也與桃花源居民形成了極大的對比。詩經《桃夭》篇的「桃之夭夭，灼灼其華；之子于歸，宜其室家。」，為本作愛情故事所圍繞的核心，也因為男主角的良善與深情，讓這段純潔的愛情更為動人。

正如楓雨老師在《桃花源之謎》閱後心得分享所言，《桃花源記》本身就留下一段非常吸引人的未解之謎，個人因為很喜愛陶淵明的《桃花源記》，除了欣賞這篇名作的文字及意境之美外，也時常想像這篇文章所留謎題的各種可能，因而架構在《桃花源記》下，創作了試圖解開「桃花源之謎」的推理極短篇《桃源劫》。本作《桃源花開》同樣也是架構在「桃花源之謎」的創作，以奇幻小說的方式，提供了桃花源未解之謎另一種相當合理、極富魅力的奇幻「解答」故事。

歷史懸案、鄉野傳聞、真實案件或古典名作之謎，本身就相當別具謎團魅力，因為屬於公領域的開放資料，自然也會吸引不同創作者嘗試編織出不同風格的故事版本。身為也曾經以《桃花源記》為題材的創作者，相當樂見《桃源花閉》這部優異奇幻作品的問世，除了倍感親切與開心外，閱讀過程十分享受，有奇幻、有冒險、有懸疑、還有動人的愛情，更有精彩的轉折，一頁一頁翻閱下去，彷彿也與故事中的主角們一同細細探尋整個桃花源花開花落的美麗與哀愁，也期待新銳作家蘆鷲啼未來更多更多的精彩作品。

——**秀霖**（推理作家，近作《桃花源之謎》）

總把書名唸成「桃花源閉」的我，翻開書頁便初遇粉嫩可愛的女主角與小正太般的男主角，本以為作者想藉陶淵明的《桃花源記》寫一個美好平淡的童話故事，越是抱著這錯誤的既定印象看下去，越是像看懸疑片一樣提心吊膽的。這絕不是個粉紅色的童話故事，也不是有情人終成眷屬的愛情佳話，但正因為埋藏著許多不圓滿，角色們為彼此的付出與執著，才能徘徊在讀者心中久久，畢竟，世上哪裡有真正的桃花源呢？

——**李偉涵**（第四屆奇幻小說獎首獎得主，近作《鳶人》）

作者以瑰麗的想像、真摯的情感，豐富了你我都耳熟能詳的經典，將一頁《桃花源記》澆灌成一株茂盛斑斕的花樹。歡迎進入這座古樸而純真的桃源村，在劇情的柳暗花明中，享受作者賦予它的動人故事。

——**半帆煙雨**（古風作家）

楔子　桃花源記

已經是第三天了。

放眼望去，是廣袤得彷彿沒有邊際的樹林，疾步而行，是連綿不見終點的路途。

隻身走在荒僻的林間小道，男人的肩上背負著沉重的行囊，壓得他越發喘不過氣。

行囊裡頭盛裝的，本是能讓他一夜致富的希望，眼下，卻如同其此時的狀態般，殘破缺損。

男人是名眼光獨到的古玩商，約莫在三個月前，他離開自個兒居住的小鎮，至群山另一頭的大城，尋找能讓鎮上的有錢老爺感興趣的珍寶。

在大城的集市中，他幸運地找到一個前朝所製、品相極為良好的青花瓷器。

因為急著想要將瓷器帶回鎮上，歸程時，他選了一條與來時不同，看起來似乎能更快到達鎮上的小路。

他想那將是自己這一生中所作的最錯誤決定。

眼下，他已迷失了路途，肩上背負的那只、押注了自己大半積蓄的瓷器，也在先前不小心摔得缺損。

他已經可以想見回去之後所要面對的悲慘後果——更甚者，他可能根本無法活著從這裡走出去。

身上攜帶的飲水與乾糧皆已用罄，現在的他，已是又餓又累。

還能繼續邁步幾乎都是靠僅仔的意志力強撐著，隨著時間一點一滴地過去，男人覺得眼前的視線漸漸模糊，腳下的道路，也在此時行到了盡頭……

難道自己今日就要交代在這了嗎？正當他這麼想著時，卻見到眼前的這面山壁，似乎隱隱地透出微光。

男人伸手將山壁前繁盛的蔓草給撥去，發現山壁之中，有著一個狹小的洞口，不知是通往何方。姑且當作是自己人生中所下的最後一個決定，沒有考慮太久，他便邁步走了進去。

初時洞口相當狹窄，相當勉強才能夠通過，順著眼前的亮光，走了一段路後，周遭的通道逐漸寬敞了起來，足以讓數人並肩行走。

不知經過了多少時間，終於，他行至了光源所在的出口。

頭頂耀眼的明光，讓男人一度睜不開眼，俄頃，待適應了洞穴外的光線後，映入眼簾的景象，則是讓他驚訝到連嘴巴都合不上。

出現在眼前的，是一座村莊。這個小巧的村莊被群山所環繞，一條清澈的水流蜿蜒於其間，滋潤了青翠的沃田。

清溪兩岸，是成片的桃花林，暮春時節，林裡的桃花開得正燦，漫天芳華的景象，美得不似人間。

「……我這是已經死了嗎？」

男人有些懵懵懂懂地往村莊深處走去，不多時，便讓他撞見了第一個村裡的居民……

看著眼前這名年紀約莫六歲的男童，一時之間，男人竟愣然到不知該如何開口。

望著眼前的陌生人，男童臉上的錯愕並不比男人少，但他顯然比較快反應過來——

「娘！這裡有一個不認識的叔叔啊！」男童稚嫩的嗓音迴蕩在這群山環抱之村中，顯得格外嘹亮，很快的，便見到不遠處的幾個人影自屋裡、田間走出，並且紛紛朝這裡走來。

最後，聚集在男人面前的村民約莫是四十餘人——大概全村的居民都在這了。

「真難得……會有外地的客人來到此處啊！」一名氣質溫婉的婦人見到男人，語氣滿是訝異，緊靠在她身旁的，是方才那個大聲一呼的男童。

「是啊，真是難得，打從我出生以來，還是第一次見到呢……」

像是見到了什麼奇珍異獸一般，村民們圍繞著男人熱絡地討論著，男人這也才有了自己還活著的真實感。

然後，他想起了自己應該有件很重要的事情要辦。

「請問可否為我準備些餐飯呢？我已經餓了許久了。」

一聽到「餐飯」這個關鍵詞，方才還在看熱鬧的村民們便紛紛有了動作。他們有的準備去宰殺自家院裡最肥的一隻雞、有的到田間採摘最新鮮的蔬果、有的自願提供珍藏的佳釀……很快的，便在村長的家中備妥了一桌豐盛的餐宴。

「趕緊吃吧！不要客氣。」

面對熱情的村民們，早已餓壞的男人也不客氣，隨即大口地吃喝了起來。

一會，待空置許久的腹中總算是裝進了些許食物，男人焦躁不安的心情也稍微平復了下來，得以放慢進食的速度，並且留意起眼下的情況。

「請問先生是從何而來？來到我們桃源村可是有何要事？」坐在主位，白髮蒼蒼的村長向男人問道。

「我本住在位於山腳的晁平鎮，此趟入山，是為了到另一頭的雁城參加集市，誰知卻在回程時不小心迷了路……」男人將自己這些日子以來的遭遇娓娓道來，指尖不經意地摩娑著手中的酒杯。

這只酒杯是由白玉所造，屬某位村民所有……為了招待男人這位難得的貴客，村裡的家家戶戶似乎都把自家珍藏的器皿集中於此，用來盛裝桌上豐盛的菜餚。

方才因為餓壞了所以沒注意到，此時仔細觀察，男人的心中不禁一驚——這些用來盛裝雞鴨魚肉的器皿，竟然幾乎都是價值不凡的珍品。

手中的這只白玉酒杯，亦是如此。據他判斷，這應該是比先前在集市上找來的瓷器還要古早許多的器物，確切價值難以估算。

「不知各位是如何找到此等人間仙境？我在這附近居住多年，卻從未聽過『桃源村』之事。」藏匿起心底某些異樣的心思，男人神態自然地問道。

「我等居於此地，已有許多年歲啦！當時因奉國國君暴虐，連年災禍不斷，終致民不聊生……我等之先祖便帶上族人逃難，幾經波折，最後於山中尋獲此地。」村長有些感慨地說道。知道男人是從外頭來的，席上的幾個村民也紛紛打探起現今之局勢。

「據我所知，你們所說的奉國早已覆滅，眼下統治著中原之地的，是靖與衛兩國，雖仍偶有災禍，但大抵算是泰平。」

聽到男人說的話，村民們都感到非常訝異。他們沒有想到，外面的世界，早已和他們所想的完全不一樣了。

「不過，無論是從前的奉，還是如今的靖、衛，干戈之事果然還是無法完全平息。」半晌，不知是誰率先說了這一句，眾人聞之，也紛紛附和，感嘆還是自個兒居住的桃源村最好。

在這裡，沒有國家與君王的存在，也沒有為掠奪而發起的戰爭。

「不如你也在此住下吧！這兒可比外面那些地方好多啦！」一名村民向男人建議，旁人也覺得此舉相當可行。

男人沒有馬上回答。此地雖美，卻也沒有他所熟悉的那些事物。

吃過飯以後，村民們紛紛表示要帶男人到村內參觀。男人先是看了文家引以為豪的菜圃，又去參觀號稱有著最完美穀倉的李家……對他們而言，這些由先祖開始點點滴滴打造起來的一切，雖然樸實無華，卻也是最為珍貴的。

最後，男人跟著村長，來到村子的盡頭之處……

「這正是我們村名的由來——桃花之源。」村長說道。

此時在他們面前的，是一棵高得驚人的桃樹。這棵桃樹的主幹粗壯到兩人也無法環抱，茂盛的枝葉遮蔽了大片的天空，偶爾other間的花瓣被風吹落，便如同降下了緋紅之雨。

「這棵桃樹……該有多少年啦？」男人感到相當驚訝。在他的印象中，桃樹能長到這麼高大的嗎？

「不知道呢。」村長搖搖頭，「這棵桃樹是我們先祖剛來到此地時，便已經存在的。」

「它見證了村子一路走來的模樣，是我們非常、非常重要的家人。」村長說，望著桃樹的眼神是非常慈祥。

雖然也對這棵巨大的桃樹感到驚奇，但相對於仍在一旁絮絮叨叨地訴說著這棵樹的經歷的村長，男人對其顯然並沒有太濃厚的興趣。

他想起了方才用餐時，所見的一桌珍寶。

後來至其他村民家裡拜訪時，他也見到不少值錢的好東西。入村時遇到的那名小男童，他的玩具竟然是幾枚珍稀的琉璃珠。

他想，這些村民們實在是太暴殄天物了，竟然用如此粗俗的方式來對待這些本該被小心呵護的珍寶，如果是他的話，絕對不會如此。

沒錯，如果是他的話，絕對不會。

幾日後，沒有答應村民們的挽留，男人決定動身離去。

原先背在包袱裡的、那個破損的青花瓷器，因為已經值不了幾個錢了，他毅然決然將其捨去。

村民們給他準備了充足的飲水與乾糧，足夠他應付好一段時間的路程。

循著來時的路，男人往出村的方向走去，並且不忘在沿途留下標記……

畢竟總有一天，肯定是要回去的。

待離開村莊已經有好一段距離後，男人打開包袱——裡頭除了善心的村民們為他準備的乾糧外，還有一只本不該出現在其中的白玉酒杯。

他想，當初踏上歸程時，所選擇的這一條岔路，或許將會是自己一生中所作的最好決定。

第一章　迷途少年

若桃嶄新的一天，都是由一陣嘹亮的狗吠聲開始的。

聽到那象徵著一天之始的信號響起，她沒有磨蹭多久，便從床上起來，開始簡單的梳妝打扮。

今日的她，同樣穿著一襲以淡粉為主要色調的襦裙，素淨的臉龐脂粉未施，便透著紅潤的色澤。

最美絕色是年少，正值青春年華的少女，毋需過多的贅飾，便相當招人喜歡了。

在桃源村，幾乎沒有人不喜歡若桃——這位人如其名、嬌俏可人的少女。

若桃也很喜歡，喜歡關於這個村子的一切。

推開房門，她見到鄰近人家的男童正和他養的大黃狗愉快地玩耍著，一大早就充滿著活力。

「小豆子，早啊！」

見若桃呼喊自己，名喚小豆子的男童興匆匆地朝這裡小跑而來……

「若桃姐姐，妳又要去溪邊散步啦？」望著個頭比自己還要高出許多的少女，小豆子問道。如同自己每早總是喜歡和自家的黃狗在門口鬧騰，若桃也有個每早必行的例行公事。

「是啊。」若桃輕輕拍了拍小豆子的頭，「對了，你娘親又在作什麼好吃的啦？聞起來好香啊！」

但見不遠處某戶人家的房頂，正冒出縷縷炊煙。

小豆子的母親陶大娘，在村裡是著名的廚藝一流，托她的福，若桃不時也能吃到許多好料的。

「娘親今日燉了一鍋雞呢，姐姐晚點也來嘗嘗吧！」小豆子笑道。一旁的大黃狗不滿小主人將自己冷落在一旁，時不時地竄到他身邊蹭著。

「那麼我可真是太有口福了。」若桃微笑。

揮了揮手向小豆子道別，她又繼續朝自己預定的方向前進。

桃源村之中，有一條蜿蜒的清溪，溪中的水，滋養萬物，使得山谷中生意盎然，更是村民們重要的農作灌溉來源。

現在這個時節，清溪兩岸的桃花開得正茂，若桃每早都會緣溪而行，從自家所在的村頭一直往村子深處走去，一路欣賞這美麗的春日盛景。

風和日麗的天氣，一如往常，桃林中盛開的繁花，也美好得一如以往，然而，若桃很快就發現了今日與以往那些日子的不同。

桃林之中，溪邊的一處空地上，有件倒伏著的事物，模樣看起來像是個人影。

為了證實自己的猜想，若桃加快腳步，跑向那事物所倒臥的地方……

倒臥在桃林中的，果真是一個人。若桃依其身型判斷，覺得來者應該是名年紀比自己小上一些的少年。

「喂！你怎麼躺在這啦……沒事吧？」她蹲下身輕輕搖了搖少年的身子，卻沒有得到任何反應。

眼前這名少年的吐息平穩，身上看起來也沒有明顯的外傷，但不知為何地就是昏睡在這了。

「躺在這雖然舒服，但畢竟會著涼的啊……」眼下這情況，讓若桃不由得感到有些苦惱。

打量著少年身上穿著的，樣式精緻的錦製衣物，她也開始感到有些好奇。

……這究竟是哪一家的小孩兒呢？

「不管了，再這麼下去也不是辦法。」無論少年是出於什麼原因才出現在這裡，既然被她看到了，就沒理由放任不管。

她看自己的體型雖然纖瘦，卻還是比這名少年高大一些的，而且她對自己的力氣向來就很有信心。沒有考慮太久，她便將倒臥的少年扶起，扛到自己背上。

睜開雙眼之前，少年仍覺得腦袋有些昏沉。

讓他感到一瞬清醒的，是一陣淡雅的桃花香氣……

一睜開眼，他便見到那在自己的身前咫尺之遙，正好奇地打量著自己的粉衣少女。

「哇啊啊！這裡是哪裡……妳是誰啊？」眼前這完全沒料想到的景況，讓少年不由得就叫了出來。

粉衣少女也讓少年這突然的反應給嚇到了。她稍稍後退，離少年遠了一些，卻仍是坐在床邊的一張椅子上。

「這裡是桃源村，我的名字叫做若桃，你現在正在睡的是我的床。」粉衣少女——若桃微笑，試著讓少年更快地理解現在的情況。

「桃源村……我怎麼會走到這個地方啦？」少年模樣疑惑地喃喃。他看向眼前那名年紀看起來比自己稍長一些的少女，問道：「若桃……是妳救了我嗎？」

聞言，若桃大力地點點頭，「我發現你的時候，你正睡在溪邊呢！怎麼叫也叫不醒……真是的，從沒見過這麼貪睡的人。」

少年：「……」

再怎麼說對方都對自己有救命之恩，少年決定忽略若桃後面那一句帶有調笑意味的低語。

「對了，你叫什麼名字啊？今年幾歲、是從何而來？我在這村子裡住了這麼久，還是第一次見到外來客呢……」見少年不語，若桃又連珠炮般地問了一串。

在少年方才昏睡的那段期間，她便在心裡琢磨著待其清醒後要問些什麼問題，可差點沒把她給憋死。

「我是住在山腳一個鎮上的，今年十二歲，因為在家裡排行第四，所以家裡的人都叫我小四。」頓了一會，少年——小四將若桃想要知道的答案娓娓道來。

下意識的，他便報上了一個自己最為熟悉的稱呼方式。

雖然這個聽來親近的稱呼方式，自己其實不太喜歡……

「小四啊……好可愛的名字。」望著小四，若桃笑彎了眉眼，「那麼我也這麼叫你吧！」

聽到若桃的叫喚，小四不由得怔愣了好一會。

以往，聽到人們這麼叫他時，他總覺得其中夾帶了些許刻薄的嘲諷意味。

但是若桃不一樣。聽到若桃這麼叫他，他只覺得親近。

「小四，你是為什麼會來到這裡呢？沒有其他人和你一起來嗎？」得到了部分自己想要的答案後，若桃又開始搜索其他的。

「我是偷偷從家裡溜出來的，沒有其他人和我一起來……」回答這句話的時候，小四微微別過了臉，像個做錯事的孩子。但當他再次將視線瞟向若桃時，發現那張嬌俏的面容上仍只有純粹的好奇與坦然。

說來也奇怪，他就是能看出若桃對自己並沒有絲毫負面的臆測之意，和他所知道的許多人——甚或是自己，都不一樣。

或許是因為單純如她，根本就不懂得何謂虛偽隱藏。

面對這樣的若桃，小四發現許多本該難以啟齒的事情，竟然意外自然地就能說出口了……

「我方才說過了吧？我在家裡排行第四，所以在我上頭還有三個哥哥，不過我卻是最不受寵的一個。」小四有些自嘲地說道。他本不該再繼續說的，因為這並不是什麼值得分享的有趣話題。

不過，即便說出口也無法改變任何既定的事實，於他，卻不失為一種解脫方式。

或許，這是因為他實在是太渴望了——渴望在這個世上，還有其他能瞭解自己苦悶的人。

「我爹是鎮上最富有的大商，他除了家大業大之外，還有許多女人……我娘是出身低微的花娘，只是他的眾多小妾之一，對於我這個庶出之子，家族裡根本就沒人重視，就連府裡的下人，也因為我娘的出身，一點都不把我當回事……」講到這裡，小四往若桃的方向望去，發現其正微微蹙起的眉頭。

見狀，小四只是不以為意地笑笑，「很複雜吧！有錢人家就是有這種麻煩。」

「的確是很複雜……」若桃沉吟道。看向小四，她問：「小四，你剛剛所說的『花娘』和『小妾』是什麼呢？我聽不太懂。」

「……咦？」

所以複雜的是這個部分嗎？

被若桃這麼一問，小四那些自憐自哀的心情都沒有了。

面對若桃探詢的目光，他努力地尋找著合適的解釋措辭……

「像我爹這樣有錢的男子，都喜歡去某個能夠尋歡作樂的地方，那樣的地方，叫做花樓，而在其中做事的姑娘，就叫做花娘……」小四試著就自己所知，向若桃作出解釋……反應過來，他卻覺得這個樣子不太對。

他跟一個女孩子解釋這些做什麼呢？話說回來……這些事情似乎也不是他這個年紀應該知道的。

對於小四含糊不明的解釋，若桃似乎仍試圖去理解。

「花娘裡頭的『花』字，是桃花的花吧！所謂的花娘，指的是不是像花一樣漂亮的姑娘？」對於自己的這個釋義，若桃顯得相當滿意。

「是……也不是啦！」面對少女的求知慾，小四顯然是感到有點沒轍了。

「……總之，我娘的確是長得很漂亮沒錯。」最後，他索性以這麼一句為這個問題作結。

「我知道花娘是什麼意思了……那麼小妾呢？小妾又是什麼意思？」

面對若桃旺盛的求知慾，小四不由得感到有些無奈。

因為在家裡尷尬的地位，及不怎麼愉快的童年成長經歷，他成了一個不怎麼愛說話、甚至有些過於沉默的人。

（「四少爺給人的感覺可真是陰沉。」）他不只一次地聽過府裡的下人們這麼說他。

在他過往所認識的人裡面，也沒有一個像若桃這麼話癆的……他有預感：自己今日講的話，將會比過去大半個月講的加起來都還要多。

這種感覺，有些新鮮——真要說起來，他喜歡這種能和人暢所欲言的感覺。

「大戶人家的家主，時常都會納娶許多女人。最大的那個叫做『妻』，其餘的就都是『妾』了，在家裡的地位是遠遠不如妻。」面對若桃的提問，小四給了個簡單明確的定義。

「怎麼還有這種事情？」若桃瞪大著眼，模樣看起來相當驚訝，「一個『夫』不是只會有一個『妻』嗎？村子裡的大家都是這樣的……」

「總之，也會有那樣複雜的情況啦！」小四不知該如何解釋，自己的父親何以會不只娶一個妻，甚至也無法責備，他納了成群的妾。

畢竟，若非如此，自己也不會降生在這世上了。

「外頭的世界，可真是難懂啊……對了，你還沒跟我說你為什麼會來到這裡呢！」沉吟了半晌之後，若桃像是有些後知後覺地說道。

「那個啊……」小四這也才發覺，方才實在是花費太多時間在字詞的解釋上了。明明最重要的問題都還擱著呢。

「我啊，不喜歡待在家裡。」低垂著面容，他說：「那些討厭的哥哥總是一逮著機會就來欺負我，大娘和其他的姨娘，也時常和爹說我的不是，每次做錯事的明明就是哥哥，爹卻說什麼也不相信我。」

「所以，趁著沒有人注意，我會偷偷溜出去。有時候是去鎮上的集市、有時候是去鎮子附近的山上，怎樣都比待在家裡好多了！」說到這裡，小四的臉上展露了些許狡黠的笑容。

「不過，這次會來到這裡，其實並非我的本意。」但見他不好意思地撓了撓頭，「來到這裡之前，我迷路了，在山裡繞了好久……其實我根本不記得自己是怎麼來到這的，一覺醒來，便見到妳了。」

「那麼你的運氣可真不錯，剛好碰到了我，可以把你扛回來。」若桃喃喃道。湊近小四，她的臉上綻開了燦爛的笑容，「對了，我帶你去村裡逛逛吧！我敢保證，你一定會馬上就喜歡上這的！」

若桃說做就做。她拉過小四的手，興匆匆地領著其走至屋外。

來到屋外，隔壁家的陶大娘與小豆子也恰好都在外頭，見到兩人，他們好奇地走上前來……

「若桃，這是哪位啊？怎麼從來沒見過。」看著和若桃牽著手，與若桃看起來就像一對姐弟的小四，陶大娘問道。

「他叫小四，是來自外頭的客人呢。」若桃頗有些興奮地回答。

「外來的客人啊……這可真是難得。」陶大娘瞭然般地點點頭。望向小四，她溫聲笑道：「待在這裡的期間，就儘管把這兒當作自己家吧！村裡的大家都很好的。」

得知若桃和小四還沒有用過飯，她連忙說要進屋取些吃食。

待身旁的母親走開後，小豆子更加明目張膽地打量起小四這個外地人……

「哥哥，你為什麼要和若桃姐姐牽著手呢？難道你也是小孩子，害怕走丟嗎？」看著兩人相牽的手，他問道。

其實在小豆子開口詢問之前，小四壓根就忘了這事。

出門之前，若桃牽得太自然了，他也就很理所當然地反握回去。

眼下被人直接提出來，不知怎麼地，他突然感到有些不好意思。

「我才不是小孩子呢！也不害怕走丟。」小四幾乎是有些慌亂地放開了若桃的手。

——雖然就一個剛剛才迷過路的人而言，說這話或許稍嫌沒說服力。

就在這個時候，方才離開的陶大娘也去而復返。

「來，這幾個熱好的饅頭，你們帶著吧！餓了可以吃。」她手捧著一包熱騰騰的白饅頭。

「謝謝陶大娘！」接過饅頭，若桃甜笑道。

「謝謝……」陶大娘慈祥和藹的面容，令小四不由得有些呆然。

在他的印象中，自己的母親從來沒對自己這樣笑過……

「不要玩得太晚，我今早燉了雞湯，晚點一起過來吃吧！」離去之前，又聽陶大娘如此說道。

「走吧！村裡好玩的地方可多了呢！」踏著輕快的腳步，若桃率先走在前頭。

甩去心頭那些沉重的思緒，小四也連忙提起腳步，跟上眼前的粉衣少女。

對他而言，今日盡是些陌生的體驗。

桃源村這個地方給小四的感覺，就如同若桃給他的感覺一樣——溫暖而明快。

這個地方的風景、這個地方的人，無一不令人感到舒心。

讓他幾乎都要忘了待在家裡時那樣壓抑的感覺。

從若桃家離開後，小四一路上又遭遇了許多的村民。見到小四，他們無一不表現出熱絡歡迎的態度，而小四也看得出，若桃在村裡真的很有人緣，幾乎是碰到誰都可以聊上好幾句。

「村長伯伯，又在煩惱什麼啦？有什麼是我能夠幫忙的嗎？」

……

「文奶奶，最近好嗎？又出來打理菜圃啊！您種的瓜果，真是全村個頭最大的！」

……

那些見到若桃的人，無一不是笑語晏晏的。

這一點小四相當能夠理解，他想，像若桃這種個性純真善良、長相嬌俏可人的女孩，沒有人會不喜歡。

眼下，他們倆又經過了一處農田，只見一名年輕人正彎著腰，穿縮於其間工作……

「阿恆！」認出了其為何人，若桃衝著他揮了揮手。

「是若桃啊。」聞言，阿恆停下手邊的工作，朝出邊走了過來。

「今天來這裡的時間好像比較晚。」看向小四，他又道：「對了，妳身旁這位面生的小哥又是哪位？」

「他叫小四，是我的客人。」聽到今日不知是第幾次被問到的問題，若桃再一次帶著些許得意地，說出相似的答案。

「小四啊，很高興見到你。」如同先前的幾位村民一般，阿恆也對小四表示了歡迎。

這村裡的人，還真是完全一個調性。

「阿恆，你工作可真是勤快，這日止當中的，大夥兒都躲到樹蔭下乘涼啦！就你還在這兒。」

「不勤快點怎麼行呢？日後我還要讓彩英過上好日子的。」伸手抓了抓後頸，阿恆靦腆地笑笑。

聞言，若桃有些無奈地嘆了口氣，「我說阿恆，你究竟什麼時候才要上彩英家提親啊？我想彩英她也一直在等著呢。」

「我自然也明白，這事是越快越好，不過作為提親用的聘禮，還少了些什麼啊……」阿恆喃喃，模樣看起來是相當苦惱。

「少了些什麼呢？」或許是受話癆若桃的影響，這一次，小四主動開口詢問了。

他也感到有些好奇──在這個壓根沒有「銀錢」、「富貴」等觀念的村莊，聘禮究竟要準備些什麼。

「我家的先祖啊！在搬來這個桃源村的時候，曾經從故鄉帶來了一樣寶貝。」阿恆答道：「那是一組成對的白玉酒杯，我爹從前時常會拿出來把玩，偶爾也會用來招待客人，彩英曾經在我家見過那對杯子，覺得非常喜歡。」

「她說，那樣『在這世上僅此一對』的寓意，相當地美好，所以，我本打算提親的時候，要將那對酒杯一塊帶去的……不過原本成對的酒杯，不知從什麼時候開始便落單了，我怎麼也找不到缺失的那一只。」

「怎麼會這樣呢……」聞言，若桃感同身受般地哭喪著臉。

「哎，就這麼一直消沉下去也不是辦法，興許哪天又會讓我給找著了呢！」不想讓氣氛變得太低迷，阿恆強打起精神說道。

「如果是這樣，那可就太好了……對了，那個杯子還有另外一只吧！可以讓我看看嗎？」若桃忍不住又道。

「這有什麼問題。」對此，阿恆是爽快地答應了。

於是，若桃與小四跟著阿恆，來到其位於農田不遠處的住所。

「吶，就是這個了！剩下的杯子。」阿恆將珍藏在木匣中的酒杯取出來，放在桌上。

若桃與小四皆有些迫不及待地湊上前去一瞧。

要拿來送給心上人的寶貝，這樣的東西，肯定是極好的。

而眼前這只酒杯的確是相當漂亮，雕刻精緻的白玉色澤通透，如同完滿時的月華……

雖然並不精通於玉器等珍寶之鑑賞，但身為有錢人家的小少爺，小四也算見過了不少好東西，眼前這酒杯，在他看來的確是極好的。

「阿恆，我大概記得這只杯子長什麼樣子了，如果哪天看到另一只一樣的，肯定會告訴你的！」若桃對阿恆信誓旦旦地保證。

一旁的小四也篤定地點了點頭。

杯子的模樣，他也記住了。

「那就先謝謝你們啦！若是如此，可就是我和彩英的大恩人啦！」阿恆直爽地笑道。

「不過阿恆，這組杯子真的就只有兩只嗎？難道就找不到第三只一模一樣的？」低著頭，像是要將其細節更加深刻地銘記於腦海中一般，若桃再次打量起桌上的酒杯。

「聽我爹說，確實是這樣沒錯。」阿恆思索道：「聽他說，這對酒杯本就是為了祝福新人而製，所以理當只有一對。」

「這樣啊……」若桃瞭然般地點點頭。她轉頭望向一旁的小四，意有所指地說道：「小四，我覺得成親就該像這杯子一樣——成雙成對的，多一個都不行。」

小四自然知道若桃指的是什麼。

對此，他也只能感到無奈。

「妳跟我說這個也沒辦法啊……」他又沒辦法去要求那些有錢老爺，娶親只能娶一個。

「什麼沒辦法啊？」見兩人不知在討論些什麼，阿恆好奇地問道。

「沒什麼啦！」若桃忙不迭地擺了擺手，「阿恆，謝謝你讓我看了這麼好看的杯子，我還有事，就先走啦！」

「慢走啊！」見若桃匆匆地拉過小四離去，阿恆有些愣愣地答道。

……究竟什麼時候才能夠失而復得呢？

望著桌上落單的白玉杯，阿恆不住陷入了沉思。

「若桃，妳剛才的樣子，看起來可一點都不像『沒什麼』。」並肩走在若桃身旁，小四感慨道。

他想，像若桃這種人，可真是一點都不適合說謊。

「是這樣子的嗎……」若桃有些不好意思地伸指搔了搔臉頰，「不過啊，和阿恆說那些『妻』啊、『妾』啊……什麼的，感覺也挺奇怪的，反正他是絕對不會想要納妾的，他所喜歡的，從來就只有彩英一個而已。」

「我也從來沒想過要納妾啊！」小四像是有些不甘示若地說道。

……反應過來，他發現和若桃說這些事的自己，實在是挺莫名其妙的。

好在若桃並不這麼覺得。

「我覺得這個樣子很好！」像是對此感到欣慰，望向小四，她的笑顏恬美。

不知怎麼地，小四突然就說不上話了。

不知是被太陽曬的還是怎麼著，他突然覺得雙頰有點燥熱。

「感覺有些熱吧？」一旁的若桃，不知怎麼地，沒頭沒尾就冒出來這麼一句。

「咦？」覺得自己某些心思被看穿的小四，不由得大驚。

但見若桃卻像是壓根沒注意到他怪異的反應，只是繼續說道……

「每到這個時間，都會覺得太陽曬得有些熱呢！所以，我特別喜歡過來這裡。」若桃說著就在前方不遠處站定。

小四這也才注意到兩人所在的地方。

佇立在面前的，是一株高聳巨大的桃樹。在其樹蔭的遮蔽下，過度熱烈的陽光也收斂了許多。

「該有多少時間，才能讓一棵樹長得這樣高大啊……」站在桃樹前，小四由衷感嘆道。十年？二十年？不不不……這棵樹的存在，肯定比他所想的還要更加長久。

正當小四還在為此感到疑惑時，幾顆清涼的水珠，倏地濺上他的臉龐。

他轉身一看，見到始作俑者——若桃正站在不遠處的一汪水塘中，笑著望向他。

桃源村裡的那條清溪，流經此處時，婉轉留下了一汪清池，其恰好位在這株巨大的桃樹旁，因此每至花開時節，必定會倒映一面絢麗的春色。

池內的水流清淺且平緩，一般人皆能夠站在裡面，不會有危險。

「這個地方平時很少人會來的，算是我的祕密基地。」伸手撥動著平靜的池面，若桃說道。晶瑩的水珠沾附在她白皙纖細的指尖，緩緩滑落，看起來有種莫名的豔麗妖嬈。

「小四，我不知怎麼地就想讓你見見這裡！我想讓你和我一樣，喜歡這裡。」若桃慨然道，臉上是小四沒見過的，若有深思的模樣——然而不過一會，又見她開始不正經地朝小四潑水。

「你也趕緊下來啊！只有我一個人玩好無趣的。」已經差不多渾身濕透的若桃，興致勃勃地朝衣裳幾乎還乾著、一語不發杵在岸上的小四發出邀請。

見若桃玩得如此開心，小四很快就被說動了。

他將腳上的鞋襪脫去後，旋即便走入池中，然後像若桃方才對自己做的一般，朝她潑水——一大瓢的水。

「嘿……這下我們算是扯平啦！」他勾起唇，得意地笑笑。

「扯不平、扯不平……我連頭髮都給你潑濕啦！你卻還好好的。」若桃有些不滿地嗔道。一會，便見她不甘示弱地予以回擊。

「喂，妳這是一連潑了好幾次啊！我方才可不是這樣的。」

「方才是方才、現在是現在……哈！這下算我贏了！」

「誰輸誰贏，不到最後還很難說呢……」

因為明白無論是胡鬧還是撒嬌，都不會有人回應，小四老早就養成了不依賴人的個性，雖然還算是個孩子，卻早已沒有了孩子的天真。

他總想著，若是能趕緊長大就好了——大到能無懼那些仗勢欺人的兄長、大到能真正遠離那個華麗卻冰冷的府邸，找到自己心之所向的事物。

這樣的他，此刻卻不管不顧的，僅是專注於一個壓根沒任何意義的「勝利」，率性而恣意的——就像個孩子一樣。

第二章　心落桃源

若桃與小四就這麼在桃樹旁的水池中鬧騰了許久，直到最後，仍然不知道「勝利」的人究竟是誰。無論如何，兩人同樣都落了個渾身濕透的下場就是了。

離開村莊盡頭的那棵大桃樹後，他們走上位於村裡的廣場一旁，一道低緩的矮坡。坐在那裡的一顆大石上，能夠將這個小小村莊的景致盡收眼中。

反正天氣暖和、陽光也充足，他們索性就讓衣裳這麼濕著，自己乾燥就好。

「吶，小四，你覺得這個地方怎麼樣呢？」坐在小四身旁，若桃突地問道。

小四轉頭一看——但見若桃的視線正專注地，直指著村莊的方向。

「我很喜歡這裡啊！若桃妳……還有這裡的大家，都很好。」小四由衷感嘆道。

「是嗎……那可真是太好了。」呢喃般地，若桃輕聲低語著。再度望向小四時，她又回復至先前那樣活潑輕快的模樣，「對了，你所住的地方，又是怎麼樣的呢？」

聞言，小四沉思不語了好一會……

「我所居住的那個城鎮，其實還挺普通的。」他說：「總的來說，那兒的房子比這裡的還要多一些、也高大一些，並且住了許許多多、形形色色的人。」

現在的小四，尚不能夠深刻地體會到「鄉愁」為何物，對他而言，那個所謂的「家」，應該也沒有什麼可讓他懷念的，不過……

「不過，年節的時候，鎮上的集市會變得很熱鬧，會有許多平時看不到的有趣東西；祭典的時候，晚上會有煙花，那樣的景致，非常漂亮……」

對於自己所言，小四感到有些意外。

他原以為，自己所生長的家鄉之於自己，應該大多都是些不好的回憶，誰知道眼下一回想起來，卻盡是些美好的事物。

原來，這些年來，自己所擁有的，並不全是那些糟心事啊……

「嘿…聽起來，可都是些新奇的東西呢！」若桃輕笑……不知怎麼地，小四總覺得：若桃的這個笑容，並不如其表面看上去那樣明快。

「吶，小四，『煙花』是怎麼樣的花呢？長得就像桃花那樣嗎？」秉持著好學上進的精神，若桃不忘提出自己的疑惑。

「煙花啊……跟妳所熟知的那些花，有些不太一樣。」小四慎重地思索的措辭，「它既不是開在樹上，也不是長在地上，而是待天色都暗去之後，綻放於天上……雖然只有短暫的一瞬，不過它所散發出來的光芒，比星星、月亮都還要來得耀眼明亮。」

小四努力地用自己有限的詞彙，為若桃描繪出那樣一幅煙花映天的絢麗景象。

卻見若桃像是聽到什麼不可思議的事情一般，愣愣瞪大了眼。

對她這樣一個自小便生長在深山小村的女孩而言，必定是很難理解，這世上竟然還有並非依附於草木之上、而是憑空綻放於天際的「花」吧！

如果可以的話，他也真想讓她看看。

——就像若桃也讓自己看過那樣桃華漫天的景像，他也真想讓她看看，祭典時的映天煙花。

「……吶，若桃，妳難道從來不曾想過……要出村看看嗎？」輕聲地，小四問道。

聽到小四的話，若桃呆愣不語了好一會。

但見她微微斂起眼眸，像是在深思、也像是在苦惱……

「我啊，是不可能離開這個村子的。」良久，只聽她這麼說道，臉上是小四所熟悉的，恬靜笑容。

「說得也是啊……」心底不知怎麼地，感到有些失望。不過對於若桃的回答，小四完全可以理解。

若桃是最喜愛這個村子的……她所重視的一切，也都在這裡，村子外頭，對她而言有的只是陌生。

而且，小四也認為，個性單純不知世事的若桃，根本不適合外頭那樣紛擾複雜的生活。

如同紮根在這裡的桃花，她亦只屬於這兒。

「啊，不知不覺……也在這裡待好久了呢。」若桃伸手摸了摸裙襬，「衣裳也都乾了，咱們回去吧！」

「嗯。」

站起身，小四跟著若桃、往來時的方向走去。

對若桃而言，順著那個方向所及之處，稱之為「家」，那麼對自己來說呢？

不經意地，小四這麼想道。

待回到若桃位於村頭的小屋，天色已逐漸暗下，隔壁家陶大娘的房頂，也冒出了縷縷炊煙。如同今早所說的，若桃與小四相偕至陶大娘家，一同享用餐飯。

「哎呀，來得正好呢！再稍待一會，很快就可以開動了。」屋裡，陶大娘正在廳堂一旁的灶房忙進忙出，逐步地豐富桌上的菜色。

作為靈巧的小助手，小豆子則幫忙在桌上擺上了碗筷。

「陶大娘，也請讓我來幫忙吧！」若桃走近灶房說道。

「不要緊，就差這最後一道了，妳和小四先去廳堂裡坐著吧！」陶大娘宏亮的嗓音，從灶房內傳來。一會，便見她端著一口陶鍋，走進廳堂。

「好了！這樣就行了。」她將陶鍋放置在桌上。熱氣騰騰的鍋內，是一隻肥美的雞，讓人看了不禁食指大動。

「趕緊吃吧！不要客氣。」陶大娘招呼過若桃等人後，便開始為一旁的小豆子張羅起碗裡的吃食。

小四這才注意到，這個家裡，並沒有男主人。

廳堂之內，只有陶大娘母子，及來作客的自己與若桃。

「哇……您作的菜，還是一樣看著就很美味呢！」若桃舉起筷子，打量著桌上的美饌。見一旁的小四仍愣著沒有動作，她說：「你也趕緊吃啊！光看著是不會飽的。」說著便往小四的碗裡挾了一筷子的菜。

「我知道了……」

端起碗筷，小四也開始動作。

相較於全神專注於桌上菜色的若桃，小四的視線，則不時地往對面的陶大娘母子飄去。

……原來尋常人家的母子相處起來，是這副模樣嗎？為娘的，會貼心地為她的孩兒佈菜，會溫柔地為其擦拭沾上菜湯的嘴角。

上一次見到母親，是什麼時候的事呢？記憶之中的母親，和眼前這名慈祥和藹的婦人不同，美麗的她，總是一副板著臉的冷淡模樣……

想起自個兒的情況，小四不由得覺得有點難受，幾乎是有些狼狽地，他收回了打量的目光。

他發現，對於小豆子，自己是由衷地感到羨慕。

這一頓晚飯，可以說是吃得賓主盡歡。

因為桃源村實在是少有外來客，所以陶大娘也讓小四給他們講了不少村子外頭的事。

那些對小四而言屬稀鬆平常的事物，對這些一輩子都沒出過村的村民而言，都成了難得的驚奇。

大夥兒都聽得津津有味的，特別是小豆子——當說到煙花時，他眼中綻放的光彩，可比真正的黑夜光華。

對於自己的過往經歷，能帶給這些村民們這麼多快樂，小四也覺得很高興。

「小四哥哥，你再給我仔細講講年節集市的事嘛……」輕輕打了個哈欠，小豆子說道。

往常到這個時間，他早就該睡了，今天因為有有趣的故事聽，他撐了許久，不過也差不多有些睏倦了。

「累的話就先去睡吧！明天再讓你去找小四哥哥玩。」見狀，陶大娘說道。她看向了若桃與小四，「今天真是謝謝你們啦！這孩子好久沒這麼開心了。」

「這沒什麼……」小四實在不覺得自己做了什麼需要人感謝的事。

「我們才應該要謝謝您呢！讓您招待了這麼一頓豐盛的晚餐。」一旁的若桃也附和。

「只要你們願意，隨時可以過來。」陶大娘柔聲道。她輕輕拍了拍一旁昏昏欲睡的小豆子，要他去臥榻休息。

「娘……我不想走，抱我。」小豆子以軟糯的嗓音央求。

「你這孩子真是的，都多大了啊……」說是這麼說，陶大娘卻還是一把將小豆子抱起。

向陶大娘再次道謝以後，若桃與小四便告辭離去。

「我是自個兒住的，房子也算寬敞，今日你就同我一道住吧！」從陶大娘家離開後，若桃相當自然地領著小四往自家走去。

「你睡覺不會亂動吧？可別不小心摔床下了……」若桃繼續說著……然後她注意到，從方才開始，小四便一直沒有應聲。

「小四？」她走至小四身前，發現他的表情有些呆愣愣的。

回過神來，小四見到的就是彎著腰、擔心地打量著自己的若桃。

因為他們倆實在是離得很近，小四能聞到從若桃身上傳來的，若有似無的桃花香氣。

「我沒事啦！」小四忙不迭答道。為了掩飾自己方才的恍神，他下意識地就問道：「對了，小豆子他爹是……怎麼樣了呢？」

似乎是很驚訝小四會突然有此一問，若桃呆愣了一會。

「小豆子他爹，很早就不在了，是陶大娘獨自一人將他拉拔長大的。」半晌，只聽她如此答道。

所以母子兩人的關係才會如此緊密嗎？小四不由得猜想。

「對了，你怎麼會突然想問這個問題呢？」

「沒什麼。」小四頓了一會，「只是突然想到了我娘。」

「小四，你的娘親，是怎樣的一個人呢？你曾說過她長得很漂亮吧？」聞言，若桃饒有興味地問道。

「確實是……長得很漂亮。」小四沉聲低語：「不過她不曾抱過我，也從未對我笑，她還曾經說過……很後悔生下我。」

我想，我大概就是不被需要的吧——他自嘲一般地，輕聲呢喃。

小四低垂著容顏，好一會，都沒聽到若桃的聲音。

——直到他教人以一股略重的力道，拉向前去。

「沒有任何人，是不被需要的。」緊緊地摟著小四，若桃說道。

「喂！若……若桃？」小四完全料想不到會演變成這種情況。

因為和若桃身高約莫差一個頭，此時的他，正好臉靠在若桃胸前……

不是錯覺，若桃的懷中，的確有股淡雅的桃花香氣。

「你娘不抱你的話，就讓我這樣抱著你吧！我想，她說的那些話也不是真心的……肯定不是，所以，別再說什麼『不被需要』的話了。」若桃輕拍著小四的背脊，柔聲道。

小四覺得很溫暖。

不只是從若桃身上傳來的體溫，他的心底，也湧起了一股暖和的感觸。

彷彿自己從不孤單。

話說回來，女子和男子果然是不一樣的嗎？若桃的身子，有種纖細柔軟的感覺……

想到這裡，小四的心情頓時不平靜了。

為了要壓下心底的慌亂，他連忙掙出若桃的懷抱。

「妳、妳、妳不應當這麼做，妳爹娘沒跟妳說過嗎？男女授受不親啊！」沒錯，這才是他被教導的，這世間的真理。

若桃愣愣地眨了眨雙眼。

「我沒有爹娘。」只聽她如此說道，語氣是相當平靜。

「對不起……」對於自己一時衝動所言，小四感到相當懊悔。

他早該想到的——畢竟這屋裡，只有若桃。

「為什麼要跟我說對不起呢？又不是你讓我沒爹娘的。」像是由衷地覺得小四說了什麼奇怪的話，若桃笑道。

「雖然我沒有爹娘，不過這村子裡的大家，就像我的家人一樣，對我很好啊！」

所以，我喜歡大家——小四聽見若桃如此笑言著。

「好累啊……趕緊睡吧！」若桃打了個哈欠，說著就走到了床榻前，「小四，你是客人，所以先讓你選要睡哪。」

小四朝四周張望了下，確認這屋裡已經沒有第二張床榻了。

「我睡地上就好了，妳睡床吧！」鳩佔鵲巢的行為，實在是太過於無恥了，他做不來。

聽到小四的回答，若桃顯得很難以置信。

「有床可睡，為什麼非得去睡地上呢？好吧……既然你不選的話，就由我來選好了，我睡右半邊，左半邊給你睡。」若桃說著便翻身躺上了床，並且為小四空出了左半邊的位置。

「妳要我和妳……睡一張床？」明白了若桃的意思之後，小四感到相當不可思議。

雖然自己還算不上是個大人，但也不是小豆子那樣的小娃兒好嗎？

「當然啦！難道這屋裡還有第二張床嗎？小四，不是我要說你，不過你喜歡睡地上這習慣真的不太好。」

小四：「……」

他要怎麼解釋，其實自己一點都不喜歡睡地上呢？

「好啦！別杵在那了，趕緊過來！」見小四遲遲沒有動作，若桃索性直接起身將他拉了過去。

猝不及防地被拉倒在床榻上，映入眼簾的，是少女近在咫尺之遙的容顏。

「好累喔……真的不能再陪你聊了。」若桃說著說著便閉上了雙眼，像是隨時會沉沉睡去。

「喂……」

「雖然村裡的大家都對我很好，不過我有時候總會覺得：自己和大家是不一樣的……所以，有你陪著我，我真的很高興……」小四聽見若桃有些迷迷糊糊地說道。

不多時，便沒聽到她發出任何聲音了。

真的就這麼睡著了？

望著躺在自己身側的少女，小四的心中充滿著無可奈何。

看來在若桃的認知裡，的確是沒有男女之防的觀念。

這下子該怎麼著？就直接這麼睡嗎？這和小四過往所學的，實在有些不符。

就他以往所認知，自己的年紀已經算不上是孩童了，再過幾年，應該就會像他的兄長們那樣，娶妻納妾……

不，他不會納妾，他只會娶一個妻。

雖然沒特別學習過男女之事，不過他時常見到某位不成材的紈綺兄長公然調戲府中女侍，所以大概知道那是怎麼一回事，也知道，所謂的名節，可能會殘酷地禁錮起女子的一生。

所以，他才會覺得，若桃這麼傻呼呼的，不太好。

不過，眼下若這麼滾到床下去睡，著實也有些矯情了。

「唉……算了。」反正這村子裡的人，似乎都沒在管這事。

大不了徹底負起責任就是了——小四不經意地想道。

偏過頭，他注視著若桃靜謐的睡顏。

雖然還不太明白成親的感覺是怎樣的，不過若能和身邊這人渡過一輩子，似乎也不錯。

若是能待在這裡，和她渡過未來的年歲，待自己長大……

「（到了那個時候，不知道我拿不拿得出像樣的聘禮啊……）」

小四就這麼不著邊際地想像著未來的模樣，不知不覺，也沉沉進入了夢鄉。

翌日一早，小四聽到了一陣從屋外傳來的，嘹亮的狗吠聲。睜開雙眼，他發現若桃早已醒來，似乎準備要出門了。

「小四，你也起啦？我正要去溪邊走走，一起去嗎？」望向小四，若桃問道。

「去！」沒有考慮多久，小四便回答。他想，關於昨晚所下的決定，他也得要找個時機跟若桃說說才行……

要什麼時候說，倒是個大難題。

「那麼就走吧！正巧，也可以帶你去昨日發現你的地方看看……」只見若桃若有所思地這麼說著。

走出屋外，今日同樣是個風和日麗的好天氣。或許是因為昨夜睡得有些晚了，往常這個時候都會在屋外玩耍的小豆子，今日並不在，只有看到他那隻公雞般準確報時的大黃狗。

「我昨日差不多也是在這個時候出門的，和小豆子打過招呼後，便直接到對面的桃林裡去……」若桃邊走邊這麼說著。

沒有走多遠，他們就來到了若桃所說的桃林。

「吶，就是那裡，我昨日找到你的時候，你就是躺在那的。」若桃伸指指向溪邊的一處空地。

「可我完全沒有印象啊……」記憶之中，自己迷路時最後所見的景象是什麼呢？小四努力地回想著。可以肯定的是，他並沒有見到這麼一片桃林。

「小四，你和我不同，你的家鄉有集市、有煙花……還有很多家人在家裡等著你的吧？見不到你，他們恐怕也會擔心……」回頭望向小四，若桃笑道：「有你陪著，我真的很開心，不過……總覺得不能再繼續這麼下去了。」

小四覺得若桃真不會說謊。

就像現在——雖然是在笑著，面上的表情看起來卻是那樣落寞。

「我……」我不回去了，我想要留在這裡，陪著妳。

醞釀已久的話語，卻咽在喉中，怎麼也吐不出口。

「嗯？」若桃平靜且專注地，等待著小四的下文。

此時，一陣輕風從林間吹過，吹落了芬芳的桃華，並拂過了若桃的臉龐。

若桃伸手撥去了飛散於頰邊的髮絲，也挑起了一片沾附於髮間的花瓣。

豔若桃李——看著眼前的這一幕，小四突然就想到了這個詞。

「若桃，妳的名字，是取自『豔若桃李』的中間二字吧？」他下意識地就這麼問道。

「我也不知道。」若桃回答：「因為我不識字，所以也不知道我的名字寫起來是怎樣的。」

「這樣子啊。」小四瞭然地點點頭。他低頭四下張望，像是在找些什麼。

半晌，只見他撿起了一根樹枝，在地上劃了起來。

「豔若桃李的『若』是草頭右，『桃』則是木、兆二字合併。」小四邊劃邊這麼說著。

一會，便見他在泥地上劃下了清晰的「若桃」二字。

「這就是我的名字啊！」若桃走近一看，似乎感到非常驚奇。半晌，只聽她復又問道：「那麼你的呢？小四，你的名字寫起來又是長怎樣的？」

「我的名字啊……」於是，小四再次動手在地上劃了起來。很快地，一個新的字詞便並列在了「若桃」一旁。

「我的名字，寫起來便是長這樣了。」放下手中的樹枝，小四回答。

若桃低頭仔細審視著，卻越看越顯得疑惑……

「字數不對啊！這看起來應該有三字。」指著「若桃」一旁的那字詞，若桃說道。

「是三字沒錯，這才是我真正的名字。不過，平常幾乎不怎麼使用就是了，家裡人大多都是用『小四』這個稱呼叫我。」對此，小四如此解釋。

「原來還有這麼一回事啊……」若桃喃喃。

再次往地上的那兩個字詞來回打量了好一會後，若桃突然用力地擊了下掌。

「難得你寫得這麼好看，就這麼劃在這兒讓它糊掉實在是太可惜了！應該去拿個紙筆，把它給抄起來！」

若桃是個言出必行的人，只見她立馬就展開了行動——

「紙筆的話，我記得村長伯伯家裡就有，你在這兒等我一下，我去去就回！」她說著就撒丫子往村長家的方向跑去，很快就跑得不見人影。

「喂！若……也犯不著這麼急於一時嘛！」對於若桃超乎常人的行動力，小四算是充分地見識到了。

「這不是都還沒把話給說完嗎……」小四沉聲道，視線不經意地落在了地面上並列著的兩個名字。

「（從今以後就這麼著吧！感覺也挺好的。）」

對於家鄉，雖然並非完全沒有留戀，但是對於這裡，他也實在是放不下。

「說起來，我當初到底是怎麼入村的呢？這裡看起來也沒有個明顯的入口……」小四好奇地逡視著四周。

桃源村位於山谷之中，周遭皆是險峻的高山，真難想像他當初能翻過任何一座山頭來到這裡。

「難道是有什麼入村的祕道不成？」小四不經意地思索著。

就在這個時候，他感覺到似乎有某項事物正逐漸從身後逼近……

「誰？」

猛地轉身一看，靜謐的桃林中是空空如也。

「（是錯覺嗎……）」

然而，沒過多久，那種怪異的感覺又來了，這一次，他甚至還聽到了聲音。

『小四……』

不知從何處傳來的人聲，的確是在叫喚著自己，然而，小四很確定眼下這桃林中除了自己，並沒有其他人在。

『……你在哪裡啊？』

『聽到的話就回覆一聲……』

『……別躲起來了。』

叫喚的人聲是越來越清晰，口聽起來不只一人，對此，小四感到越發不安。

因為那聲音聽起來像是從不遠處傳來的，可這附近，明明誰也不在。

「喂！你是誰啊？別裝神弄鬼的…趕緊出來啊！」像是要安撫自己焦慮的心情，小四大聲喊道。

眼下這情況，讓他很難不往某個方向想……

頃刻，周遭那樣詭異的壓迫感是越來越明顯了，逐漸逼近的，除了人的說話聲，還有雜亂的腳步聲……

小四覺得渾身發寒，但人聲及腳步聲自四面八方襲來，即便想逃，也不知該逃往那個方向。

『……總算是找到你了。』這一次，傳來的話語幾乎近在耳邊。

然而美麗的桃林，仍然是一派寧靜。

根本就沒有小四聽到的一大群人……過了一會，則是連一個人都不在了。

「小四，讓你久等啦！我把紙和筆都借來了！」捧著從村長家中借來的文房四寶，若桃匆匆往桃林趕來。

桃林之內，卻早已不見任何人的蹤影。

「小四？」若桃在桃林內來回找了好一回，少年的身影，依舊不知所蹤。

清溪邊上，泥地上並列著的兩個名字，證明在稍早之前，這裡的確還有另外一個人在。

然而眼下剩下的，卻只有若桃一人而已。

第三章　意外訪客

黑夜裡，燃起了令人感到不祥的熊熊火光。

伴隨著火光而起的，還有雜沓的腳步聲、兇狠的吆喝聲，以及足夠劃破深沉夜色的，悽厲慘叫。

血，慘叫所傳之處，飛濺著殷紅溫熱的鮮血，它的顏色，比漫天桃華還要豔麗，也比映目火光還要令人感到灼燙。

她不知道這一切什麼時候才能夠結束。

周遭的濃烈恐懼，像是一張巨網，緊緊籠罩著她……

直到她聽見了一陣嘹亮的狗吠聲。

……

如同往常一般，若桃從睡夢中清醒過來，但這一次，她有的卻不是平靜安穩——心跳得很快，方才夢中的驚駭悚然，似乎仍緊緊地攫著她不放。

不知道從什麼時候開始，她時常作惡夢。

夢中的情境，在醒來後不久，很快就忘掉了，不過從中感受到的恐懼，卻是久久無法消散……

「我這是生了什麼病嗎……」若桃輕輕揉了揉額角。除了作惡夢之外，最近，她有時也會感到頭

痛、或者精神不濟。

心底突然就浮現一股焦躁不安的感覺，詭異的是，這樣的感覺，似曾相識……

「就這麼自個兒瞎想下去也不是辦法，村長伯伯他知道的事情多，或許會有什麼頭緒。」這麼打定主意之後，若桃倏地就下了床，開始為新的一天做準備。

屋外，是精力充沛的大黃狗和牠的主人小豆子。

「若桃姐姐，早啊！」見到若桃，小豆子精神奕奕地打了招呼。

「早上好，小豆子。」熟悉故人的嗓音，令若桃感到安心。

她看了看其身後的房頂，縷縷炊煙正自其中緩緩飄散而出，想必是陶大娘又在準備什麼好吃的吧！所有的一切，都一如往常般，安好著。

「我到溪邊去走走啊！」她想，她需要一個地方，去平復下心底那股若有似無的焦躁。

溪邊的桃林，一如往常的，是個能讓若桃感到心情放鬆的地方。

……雖然，同樣的地方，也曾發生過令人感到難過不捨的事。

走到鄰近溪水的一處空地，若桃蹲下身，仔細地打量著腳邊的一塊地面——雖然無論她怎麼看，除了泥和草外，再看不出其他什麼。

回憶中的那兩行字，早已不復存在。

「唉……要是先前有把它抄起來，就好了。」若桃不由得感到有些懊悔。她以指代筆，開始在泥地上劃著……

「『若』是草頭右，『桃』是木兆合併，二字是取自『豔若桃李』一詞。」憑藉著模糊的印象，她逐筆將自己的名字劃上。

其實，若去問識字的村長，應該很快便能得到那個於她而言，已有些模糊不明的解答了。

但不知怎麼地，她就是不想這麼做。

「豔若桃李，乃是一讚嘆之詞——形容女子的容貌，就如同桃花及李花那般豔麗。」

徐緩的腳步聲，從身後逐漸靠近，伴隨著跫音而來的，是男子嗓音低沉的話語。

若桃回過頭，見到一名看起來約莫二十多歲，面容俊雅的年輕男子。

「你是……」見狀，若桃滿是疑惑。

村子哪時又來了個不認識的客人啦？

沒有回答若桃的問題，男子逕自走到若桃的身邊蹲下，並且看著她方才寫下的字詞……

「姑娘，妳是想寫『若桃』吧？可惜有個地方寫錯啦！」半晌，只聽他如此評斷道。

「寫錯了？哪裡？」若桃也覺得自己寫的字有哪裡不太對勁，可又說不出究竟哪裡怪。

「吶。」男子順手就抓過了若桃擱在地上的手，「這個『若』字，『右』被寫為『石』了。」

他抓著若桃的手，以其指尖將缺少的筆劃給補上。

「這樣看起來就像多了吧！」站起身，男子說道。

「的確就像是小四之前寫給我看的樣子……」若桃輕聲低語。拍了拍指尖的泥屑，她也站了起來。

「對了，還沒有請教呢，請問你是哪位？」望向眼前這名熱心為自己指出錯誤的陌生人，若桃笑問道。

因綻放的笑容，而顯得益加明媚的面龐，當真符合「豔若桃李」之意。

望著這樣的若桃，男子一時無語。

半晌，但見他沒有任何預兆的，忽地便傾身抱住了她……

「……好久不見了。」低沉的嗓音，彷彿透著深沉的思念。

彷彿跨越了遙久歲月之後的再見。

「咦？」

若桃完全傻住了。

臉靠在男子的懷裡，在她耳邊迴盪著的，是男子清晰規律的心跳。

男子的體溫有些高，抱著她的力道也有些大——彷彿害怕一放手，便會失去懷抱的事物。

「那個……請問……這是……」眼下的情況，讓若桃有些不知該如何是好。

雖然覺得男子所做的並非什麼壞事，而自己也不會對此感到厭惡，不過再這麼下去，總覺得有些怪怪的……

為這樣陌生的感覺感到安心且熟悉的自己，實在是太奇怪了。

「你、請你不要這個樣了了……男女授受不親啊！」若桃稍微使上了勁，姑且是從男子的懷抱中掙了開來。

下意識便脫口而出的，是之前有人和她說過的話語……應該是用在這種地方沒錯吧？見到不知是惱怒還是疑惑，臉神色複雜的若桃，男子愣了愣。

「是呢，是我失禮了。在山裡迷路繞了好些天，好久都沒見到其他人，一時之間有些激動了。」只聽他如此解釋道。

「原來是這樣啊……」對此，若桃深表同情。

「是啊，所以能在這裡遇見妳，實在是太令人高興了呢！」頓了一會，男子又道：「對了，妳是這個村子的人吧！能稍微和我講講這村子的事嗎？」

「這有什麼問題！」若桃自信滿滿地應答：「說到這桃源村的事情，我是再清楚不過了！」

「對了，我的名字叫做若桃，寫作豔若桃李的……那個若桃。」從男子那裡得知了豔若桃李這個字詞的解釋後，若桃總覺得這樣說起來怪不好意思的。

「嗯。」看出了若桃的心思，男子不禁莞爾，「很適合妳的名字。」

「那個……你還沒說你該怎麼稱呼呢！」若桃朝男子走近了些，詢問道。

聽到若桃的提問，男子不知怎麼地愣了好一會。

「我叫做木季之。」半晌，才聽他如此答道：「很高興認識妳，若桃。」

「我這就帶你去見見村裡的大家。」

若桃領著木季之，腳步輕快地走在不遠處的前方。

「說來也真是巧，每個入村的客人，總是讓我最先遇到。」對此，她似乎感到頗為得意。

「聽妳這麼說……之前也有像我這樣的迷途外來客，來到這個村子裡嗎？」走在若桃身後，木季之不經意般地問道。

「……是的。」說到這裡，若桃的步伐略微慢了下來，「之前那個迷路的客人，也是我在林子裡遇到的。」

「哦，之前那位客人，是個怎麼樣的人呢？」木季之三步併兩步走到若桃身旁。對於若桃所說的那名外來客，他似乎感到很有興趣。

「怎麼樣的人呢……是個穿著好看衣裳的孩子。」思索了好一會後，若桃說道。

「孩子？」木季之的語氣聽起來似乎帶了點訝異。但見他微微皺起眉頭，神色看起來頗為複雜。專注於回憶之中的若桃，卻沒有注意到這些。

「是啊，他的年紀看起來比我小一些……還算個孩子吧！」若桃認真地捕捉著那些在記憶中紛雜的景象。

屬於那位少年的回憶，有時就像是很久以前發生的事情一般，朦朧而不真切，有時卻又清晰得恍如昨日。

「雖然看起來像個孩子，但感覺並不像——總覺得，他很焦躁不安，像是急於想抓住、證明點什麼……」費盡心思地，若桃試圖以言語精確地描述出那些無以名狀的感覺。

「抱歉，我講了些很奇怪的話吧？就連我也不太明白自己在說些什麼。」看向木季之，若桃不好意思地笑笑。

「……不。」木季之沉聲道：「雖然我也不太明白，不過我並不認為妳說的是什麼奇怪的話。」

對於木季之所言，若桃似乎感到有些訝異。

「木季之，你可真是個奇怪的人。」看著木季之那張若有所思的側顏，若桃不由得說了這麼一句。

「是嗎，謝謝誇獎。」轉過頭，木季之笑得直率。

「我這算是誇獎嗎……」

若桃覺得木季之這男人可真是太令人費解了。

不一會的時間，他們來到了若桃居住的房屋前。

「吶，這裡就是我住的地方啦！旁邊這一間則是……」若桃向木季之解釋著。

就在這個時候，注意到屋外動靜的小豆子，也小跑著迎了出來。

「若桃姐姐！」男童興奮地喊道。見到一旁的木季之，他顯得有些疑惑，「若桃姐姐，這位叔叔是……」

聽到小豆子的那句「叔叔」，木季之的反應是明顯的一僵。

「這位是木季之，是村外來的客人。」沒注意到「叔叔」複雜的心情，若桃愉快地為小豆子做起了介紹。

「哦，木叔叔好。」小豆子抬頭望向木季之，甜笑。

「……叫哥哥。」與其相較，木季之是皮笑肉不笑。

雖然這位「叔叔」是笑臉迎人的，但小豆子總覺得從他身上感到一股莫名的壓力。

「……木哥哥好。」迫於這股壓力，他又重新打了一次招呼。

「這樣才對嘛！小豆子真可愛呢！」木季之友好地揉了揉小豆子的頭髮。

「唔……」

小豆子覺得這位叔…哥哥有點怪怪的，不過讓他摸摸頭的感覺，還挺不錯。

「總之，我隔壁的這一棟屋子，就是小豆子與陶大娘的住處。」木季之施壓與懷柔並具的手段，算是讓若桃開了眼界。

……她都不知道，木季之在稱呼這件事情上，還有那樣莫名的堅持。

事實上，這村裡的年輕男性，小豆子一律都是管叫叔叔的。

「好了，接下來該上哪　家拜訪呢？啊，是要走這兒的嗎……」讓人改口叫了哥哥的木季之似乎精神舒爽，說著便逕自邁開了腳步。

不是說好要自己帶他參觀的嗎？怎麼自顧自地就逛起來了呢？而且這熟門熟路的感覺是怎麼一回事？對於木季之種種超出預料的舉動，若桃顯然有些反應不太過來。

「喂！你是要上哪兒去呢……」回過神來，她連忙跟了上去。

「啊……抱歉，興奮到有些忘乎所以了。」面對一旁因被搶了領路的工作，而顯得有些哀怨的若桃，木季之不好意思地笑笑，「很難得能見到這樣漂亮的村子呢，忍不住就自己逛起來了。」

聽到木季之的誇讚，若桃的表情瞬間就亮了起來。

簡直比聽到自己被誇讚時還要開心。

「這不是當然的嗎？這裡可是桃源村呢，不過你對這裡又沒有我熟，還是我帶你逛吧！」若桃說著便拉過了木季之的手，往前方小跑而去。

「我敢保證，你一定會馬上就喜歡上這的！」她回過頭，留下了一幕笑語嫣然。

「嗯。」順著少女所指引的方向，木季之亦抬起了腳步。

我相信——呢喃般的低語，輕輕飄散在風中，溫柔的，如同桃花花瓣擦過臉龐的撫觸。

相似的場景，似乎亦曾發生於不久之前。

同樣是一名陌生的外來客，及在前方帶領著他的，粉衣少女。

但比起先前，這次的情況，似乎有那麼點不同……

「村長伯伯，我是若桃，我又來看您啦！」在村長家門口打了個招呼後，若桃帶著其跟班，熟門熟路地走進屋裡。

「若桃啊！見到妳可真是令人開心，這邊這一位是……」村長看向若桃身旁的木季之。

木季之走上前一步，拱起雙手，朝村長正式地行了個禮，「村長您好，我名叫木季之，是今日剛到此處的訪客，接下來可能會在貴村叨擾一段時日，因此若各方面有未盡之處，還請不吝賜教。」

「賜教不敢當……喜歡的話，就在這兒好好待著吧！有什麼不懂的，也可以來問我。」

「那麼可就有勞了……」

若桃覺得自己被晾在一旁了。

揭示客人的身分，不應該是她的工作嗎？

接下來的情況，大抵也是如此——

「文奶奶，今天出來得好早呢！」

「是啊，想把邊上這塊地也整理一下……若桃，這邊這位俊俏的小哥是……」

聞言，木季之再次笑容滿面地走上前去。

「文奶奶您好，我是木季之，今日起來桃源村作客的。」他偏過頭，打量了下周遭的菜圃，「我看您這個園子，打理得可真不錯啊！一看就知道是內行的。」

「呵呵呵……閒來無事，做個興趣罷了。其實我邊上這塊地整理過後，想搭個棚架……」

木季之的誇讚，算是誇進了老人家的心坎裡。

面對這樣一個慧眼獨具的帥小伙，她開始滔滔不絕地分享起自己豐富的農耕經驗……

「原來還有這麼回事，真是長見識了呢！」對於文奶奶所言，木季之亦不時出聲附和，活脫脫一副乖巧學子的模樣。

兩人就這麼談論著瓜果的栽培祕訣，聊得熱火朝天……

一旁的若桃：「……」

「呵呵呵……你這年輕人可真不錯，有空的話記得常來我這兒坐坐。」離去之前，文奶奶對木季之如此說道，有種與之相見恨晚的感覺。

「一定、一定。」木季之亦笑答。

離開文奶奶的住處後，若桃想起方才那情況，仍感到有些莫名奇妙。

「木季之，來到這兒之前，你難不成是在種瓜果的吧？」要不，怎麼會那麼興致勃勃、那麼能聊。

「沒種過也看過、吃過嘛！」對此，木季之只是如此輕描淡寫地答道。

緊接著，兩人又依序拜訪了幾戶人家。

……然後若桃發現，木季之大概真的不是種瓜果的。

因為接下來無論是養雞、縫紉、砌房……什麼樣的話題，他都能跟人聊上好一陣。

只能說木季之這個人，就是個話癆的。

也因為他這樣自來熟的性格，不到一個下午，他就差不多跟村子裡的人都混了個熟了。

「木季之，其實今日就算沒有我為你帶路，你自個兒也能成的吧？」一連串的行程過後，若桃得出了如此結論。

莫名地，令人感到有點失落呢。

「沒那回事，就是要妳給我帶路才成。」木季之回答得相當理所當然，牽起若桃的手的動作，也非常自然而然。

若桃並不能十分理解木季之的答案……對於其趁機佔便宜的行為，倒是沒怎麼在注意。

走著走著，他們又在前方不遠處見到了一對人影。

「啊，是阿恆和彩英。」若桃說著便要奔上前去打招呼……

然而，由於木季之仍杵在原地沒動，一隻手還被其牽著的若桃，沒跑出兩步便被卡住了，動彈不得。

「這麼著急做啥呢？」木季之稍微使勁將人給拉了回去，「人家小倆口正在談情說愛呢，何必上前打擾。」

若桃仔細一看——前方那有說有笑、專注得彷彿眼裡只有對方的兩人，的確不是什麼適合介入的氣氛。

「……的確是呢。」

夕陽之下、暮色之途，兩人攜手偕行的身影被拉得頎長，構成一幅溫馨完滿的畫面。

若桃不由得感到有些羨慕——對於這樣想與某人互相依偎、攜手一生的溫柔情感。

「他們倆真的是很登對呢，若是能趕緊成親就好了。」若桃不由得感嘆道，而見到前方拉著手的兩人，她也總算是注意到……

「木季之，為什麼你要抓著我的手？」木季之握得有些緊，若桃稍微使了點勁，還是沒能把手給抽出來。

「不能牽著嗎？」望向若桃，木季之反問，模樣看起來莫名地有些無辜。

「也不是……不過你也不是小孩子了吧？」

像小豆子那樣的小孩子，才需要由大人牽著——這是若桃與小豆子共有的認知。

「他們倆也不是小孩子啊！不也牽著？」木季之以眼神示意著走在前頭的阿恆與彩英兩人。

「那個不一樣，因為他們倆是戀人。」若桃覺得木季之真是詭辯。

自己和他之間的關係，又怎麼能和阿恆他們混為一談呢？

聞言，木季之狀似苦惱地思索了好一會……

「那，妳就把我當作小豆子那樣的小孩子好了。」思索過後，他得出了如此結論。望向若桃，他若有所指的沉聲道：「一放開手，就害怕會走丟了。」

「什麼……」

「妳想嘛！我先前不才在山林裡迷了路嗎？謹慎點總是好的。」木季之看似很有道理地說出了這番歪理。

「走吧走吧！再不走，天可都要黑了。」

沒有等若桃回答，木季之逕自拉著她的手，朝某個篤定的方向走去。

果然，這個人還是滿奇怪的——下意識地跟上木季之的腳步，若桃不由得想道。

……為什麼只是牽個手，就能夠這麼開心呢？

她不經意地往身旁那人的方向瞥去，見到了其勾起的唇角。

「怎麼了嗎？」注意到若桃的視線，木季之偏過頭，問道。

見自己偷看的舉動被發現，若桃莫名有種心虛的感覺。

「沒什麼。」她說，別過臉沒有再看木季之。

說起來……像這樣與人並肩走在歸途之中，上一次，是在什麼時候的事了呢？莫名地，若桃感到有點懷念。

雖然和村裡的大家融洽地生活在一塊，但若桃時常隱約地覺得：自己和村裡的其他人，似乎有些不太一樣。

這樣的感覺，如同風一樣令人捉摸不著，卻又不時地湧上她的心頭。

但不知怎麼地，對於身旁這名陌生的外來客，她反倒不會有那種若有似無的隔閡感。

——或許是因為自己與他，於這村子，都屬異端。

一幅似曾相似的畫面，突然閃過了腦海。

地點像是在桃源村內，一群孩子，正在愉快地嬉鬧玩耍，其笑語朗朗，其面容，卻不屬她所熟悉的村人們……

「若桃？」

木季之注意到身旁那人突然就停下了腳步。

他湊近一看，只見若桃正皺起眉頭、神色痛苦，似乎在忍耐些什麼……

「喂…妳沒事吧？」木季之輕輕拍了拍若桃的肩。

昏沉之中，若桃下意識地就將注意力放在了不遠處叫喚著自己的那聲音。

抬起視線，她見到了正一臉擔心地注視著自己的木季之。

「我沒事……就是突然覺得頭有些疼。」若桃努力回想著方才那一瞬之中，閃現於自己腦海中的畫面。

但就如同先前的幾次一樣——每當她試圖拼湊起那些支離破碎的畫面，原先殘破的裂片，便會化為粉碎、直至消散。

聽到若桃的話，木季之的臉色頓時就沉了下來。

「什麼時候開始的事了……最近都會如此？」良久，只聽他這麼問道。

見木季之一語就道破了事實，若桃很是訝異。

「木季之你是為什麼會……」若桃思索了一會，「難不成你其實是個大夫……我不會真的是得了什麼怪病吧？」

聞言，木季之幾不可見地笑了笑。他伸手輕拍了下若桃的頭頂，柔聲道：「這種症狀發作起來時常都是這樣的，不是什麼大問題，別想太多。」

木季之篤定而沉穩的語調，令若桃感到寬慰了不少。

或許是心理作用——她覺得直到方才仍隱隱傳來的脹痛感，業已經平復了下來。

「然後呢？除了頭疼之外，還有哪些地方不對勁？」當真像個問診的大夫一樣，木季之繼續問道。

「除了頭疼之外，偶爾還會突然覺得有些無力……夜裡入睡時，時常會作惡夢……」若桃不疑有他地將這陣子的狀況娓娓道來。

「所以我這些症狀又是為何呢？木大夫。」只見她一臉崇拜兼盼望地望向木季之。

「嗯……待我想想。」木季之單手托著下顎，一臉高深莫測的模樣。似乎是想觀察得更仔細些，他傾身湊向若桃，直至彼此眉睫都清晰可辨的距離……

「怎麼……樣了呢？」若桃只敢微聲說道。

這樣的距離，貼近至能直接感受到對方的吐息。

若桃不知道木季之從他那專注的雙眼中，看出了什麼，不過她在他的眼中，見到了自己。

「不知道。」良久，久到若桃都能清楚地意識到自己的呼吸時，才聽木季之這麼說道。

「我又不是大夫，這樣困難的事情，我哪會知道？」他伸了個懶腰，輕佻地笑了笑。

若桃頓時有種被耍的感覺。

沒錯，她的確是被這個莫名其妙的男人給耍弄了。

說不上是錯愕還是焦躁，各種迴異的思緒，雜揉在一塊……

「木季之，你可真是會騙人，差點就讓你給騙過去了。」最後脫口而出的話語，飽含著無奈。

「嗯，這姑且也算是我的長處吧！」木季之神色自若的說道：「……有時候，這倒也不算什麼壞事。」

「謊話還有好的嗎？」對此，若桃感到相當無法置信。

「當然。」木季之篤定地回答。

「說起來，阿恆似乎終於找到了他的那只白玉杯子，準備要和彩英提親了。」偏過頭，他狀似不經意地飄出這麼一句。

「真的嗎？」聞言，若桃是大喜過望。

她開始想著，明日見到那兩人時，要說點什麼呢……

若桃的心裡在想些什麼，幾乎由表情便說明了一切。

見到她那樂不可支的模樣，撓是木季之想佯裝淡定，也很快就破功了。

「騙妳的。」不忍心再欺騙下去，他簡明地揭露了真相，嘴邊仍有著來不及收回的笑意。

「瞧，這就是好的謊言。」見若桃仍呆愣著，他又補了一句。

接連讓人騙了兩次，這一次，若桃還真不知該作何反應了。

所以她掉頭便往自己的屋子走去。

「吶，若桃，我跟妳鬧著玩的，妳別生氣。」擔心真的把人給惹毛了，木季之連忙追上前去。

「我只是想讓妳高興一下嘛！」他直視著若桃，一臉無辜的模樣。

事實上，若桃倒也不是有多生氣。

她只是不曉得——對於木季之種種跳脫的言行舉止，她不曉得該如何做出應對。

各種湧上心頭的情緒，都是自己以往所陌生的。

「你害我白高興了一場。」或許是感到了些許委屈，她的聲音有些悶悶的。

「好嘛，我跟妳賠不是了，所以別丟下我…好嗎？」木季之試著讓自己看起來更加順從卑微——誇張的表現，令若桃不禁失笑。

「木季之，你這個人真的很奇怪。」奇怪、難以理解，但是卻不討厭。

她還是第一次見到這樣的人。

「妳還真是挺看得起我。」木季之輕笑。他朝若桃拱手作揖，行了個較為正式的禮，「所以呢，接下來這段日子，還請多多關照了。」

「多多……關照？」若桃試著照木季之所做的那般，拱起了雙手。

今日她見木季之都是這樣和人打招呼的，感覺相當特別。

「對了，妳是自個兒住的吧？屋子似乎也挺寬敞……不介意借我一塊地吧？」木季之說著便逕自走進了若桃居住的房舍，就像是進自個兒家門一樣的自然。

「進來啊！不必客氣。」見若桃沒有跟上，他不忘回頭說道。

若桃有些呆愣地看著明顯反客為主的木季之。

自己到底是招惹到怎樣個了不得的傢伙啦——她的心中依稀地浮現如此想法。

第四章　今生宿願

今日初見時，若桃雖然說出了「男女授受不親」這句話，但顯然的，她對它的定義並不是很瞭解。

……要不，她就會知曉：一名男子要求住進一名獨身女子的家，是件多麼恬不知恥兼要不得的事了。

對木季之而言，這倒是幫了大忙了。

他本想著，要是若桃不願意讓自己住進來，自己還得如何睜眼說瞎話呢……

「所以你想要在哪歇息呢？」對於木季之這名沒啥客人樣的客人，若桃還是禮貌地如此詢問道。

木季之在屋內四周張望了一會。

最後，他走到了屋裡唯一的一張床榻旁。

「睡這兒行不？」看向若桃，他問道。

木季之也明白自己很無恥——即便如此，他還是順從自己心意這麼做了。

他很好奇：對於自己種種超脫常軌的行為，少女究竟會容忍至什麼地步？

但見若桃也走到了床榻前，思慮般地，微微蹙起了眉頭……

果然還是算了吧——正當木季之想要作罷時，卻見若桃先是坐在了床榻邊。

「左半邊這塊就借給你吧！不過可能會有點擠就是了。」而後，她又如此說道。

這可真是個令木季之感到意外的發展。

這下他可以確定了——若桃根本不明白男女授受不親是什麼意思。

知道戀人間會牽手這件事，對她而言大概也已經是極限了。

說實在的，木季之並不清楚於自己而言，這到底算是好事還是壞事……

「（怎麼說呢……心情有點複雜啊！）」

「怎麼了……不是你要挑左半邊的嗎？」見木季之一臉愁大苦深的模樣，若桃疑惑地問道。

「是是是！就這麼著吧……我睡覺很安份，不會驚擾到妳，也不會摔床下的。」再想下去也沒有結論，木季之索性就乾脆地接受現狀了。

反正就他而言，眼下的這個發展，是還挺好的。

不諳世事如若桃，並不知道木季之心緒的千迴百轉。

只是對於「木季之是個怪人」這個觀念，是更加根深柢固了。

是夜，不同於心思複雜的木季之，心無雜念的若桃，躺下後沒多久便睡下了。

所以妳難道不應該再警惕些嗎——對此，木季之心底再度湧現了淡淡的無奈。

不過能安穩睡下，總是好的。

「可別再作惡夢啦……」自言自語般地，他喃喃道。

確認身旁那人確已熟睡，不會輕易醒來，木季之也打起精神，準備接下來的行動。

他盡可能輕手輕腳地下了床，並且往屋裡的某個角落走去。

「（若桃的身體狀況相當不穩定……或許已經沒剩多少時間了，必須要快。）」

提起自己不久前擱在那兒的一個包袱，他打開房門，走出屋外。

入夜後的桃源村，相當安靜，甚至連一點蟲鳴聲也無。

難以想像這裡和白日那活絡的小村竟是同一個地方。天空、山巒、大地……彷彿所有的一切，都隨著這裡的人們陷入沉睡。

——就是不曉得何時會睜眼甦醒。

努力壓下心頭那股無以名狀的不安，木季之下意識地加快並加重腳下的步伐。

在這過於寂靜的黑夜裡，連帶著細微的腳步聲，也顯得有些令人毛骨悚然，但此時此刻，這寂靜中的唯一聲響，卻令他感到安心。

現在的自己，是確實地存在於這裡的——那彷彿就像在如此提醒著他。

憑藉著白日參訪時的印象，他往某個方向快步走去……

「到了。」

不一會，他總算是來到了今晚首先預定要造訪的地點。

那是在某棟低矮的房舍前——這個村子的房子，從外觀看來幾乎完全是一個樣的。

但木季之非常清楚自己要找的是誰。今日白天的時候，他已經將這個村子的配置給摸個透徹了，就連誰家有幾張椅子都記得一清二楚。

——對他而言，會來到這個村子，並不是一場意外。

之所以會來到這裡，是為了貫徹自己一直以來的一個想法……白日時，和村人們的談笑風生，也是為了如此。

「（我可真是一個滿嘴謊言的傢伙啊……）」思及某位少女因自己的耍弄，而無言以對的反應，木季之不覺失笑，笑意之中，摻和了些許難以分說的苦澀。

「好了，接下來呢……」他將手探進了包袱中摸索了好一陣，直到取出了目標的事物。

「撒了這麼多謊，總得讓一個成真吧！」

從包袱中取出的，是一對以白玉所製的杯盞。

同樣潔白通透的色澤、同樣精緻細膩的雕刻——同樣的在這世上，僅此一雙。

在辦完預定的事情以後，木季之並沒有馬上回若桃那裡去。

相反的，他朝著另一個方向，村子更深之處走去。

這並非他白日參訪時所經路線，不過只要身處在這村中，便很難不發覺到它的存在……

「這麼走近一看，果然還是很壯觀啊！」木季之站在村子盡頭的那棵巨大桃樹下，抬頭仰望著。

「吶，已經夠了，不必再如此強撐著也可以了吧？」他說，語調溫柔的話語，如同清泉一般，流淌於寂靜的夜色中。

問出的問題，自然是得不到任何人的回答。

然而忽地，一陣風吹來，頭頂的枝葉發出了沙沙的聲響，像是在回應著他……

「……果然還是不可能的嗎？」低眉斂目，木季之的臉上露出了些許莫可奈何的苦笑。

若是真能輕言放棄，又怎麼會有當初那樣不顧一切的執著？

說到這份一旦認定，便無法回頭的執著——

「當真是十分相像啊……我們倆。」既是無奈也是感傷，只聽他輕聲喃喃著。

算著時間也差不多了，轉過身，他想往來時路走去……然而就在這時，周遭的氣氛，突然變得令人感到沉重且壓迫。

雖然只有如同幻影一般，倏忽即逝的短暫一瞬，但木季之見到了令人由衷感到顫慄的，刺眼鮮紅。

浸染漆黑夜色的，烈火之紅，以及流淌於地面上的，大片血紅。

在他的眼中，前方的村莊，在方才那一瞬之間，忽地閃現出一幅煉獄般的豔麗詭景……

就連一旁溪流中所流淌的溪水，也不再是清澈的。

再一點、只要再一點就好——在眼中的煉獄真正到來之前。

「拜託了……請再多給我一點時間吧！」他由衷地懇求著。

若桃不記得自己昨夜入睡時又夢見些什麼了，只覺得今早起床時，身子有種濃烈的疲憊感。

「早，妳睡得可真熟啊！外頭阿黃都吠了好一陣了妳才醒。」

若桃往聲音傳來的方向望去，見到了似乎醒來已有一陣，一臉神清氣爽、好整以暇地坐在方桌前的木季之。

她這才想起：是了，自個兒家裡還有這麼一位呢。

「昨晚又作惡夢了？」啃咬著手中的乾糧，木季之隨性地問道。

「不記得了……」一旦試圖回想，若桃又開始感到有些頭疼。

伴隨著陣陣疼痛而來的，是內心的焦躁不安。

隱約地，她感覺到有哪裡不太對勁，卻又說不太上來……

「真的，一點都不記得了？」慎重其事般地，木季之又確認了一次。

「真的……你不是說你不是人大嗎？問這麼清楚做什麼？」對於昨日的事，若桃顯然還有些惦記著。

「不，我想問的是：妳連妳昨晚睡著後，對我做了些什麼也不記得了嗎？」正了正神色，木季之煞有其事地問道。

「……我對你做了什麼啦？」見木季之如此言之鑿鑿，若桃也不禁開始懷疑起自己了。

「妳睡著後真是有夠不安份的，朝我這兒一連踹了好幾腳，最後還把我給踹下床了。」木季之徐徐道，淡然的視線，瞥向了仍丈二金剛摸不著頭緒的若桃。

「真的假的……我入睡的習慣真是如此差嗎？」若桃沉吟著。有關昨晚惡夢的事情，早就不知道被拋到哪裡去了。

「誰知道呢──或許是我記錯了也說不定。」眼見自己的目的已達到，木季之拍拍屁股站起身，「妳留在這兒慢慢想吧！我先出去走走。」

待木季之出門後，若桃仍然如他所說的，就自己入睡習慣的問題，思索了好一會……

「不對啊！他這麼大的塊頭，我要怎麼把他給踹下去呢？」相當後知後覺地，若桃發現木季之所說的事情，若真要實現，困難度恐怕不是一般的高。

「可惡的木季之竟然又騙我，這是有完沒完啊？」她急欲朝那始作俑者抱怨一番，只可惜那人早就先行一步溜之大吉了。

不過也是托他的福，若桃覺得自己的精神好了許多、頭也不再疼了。

「啊……今晚恐怕真的會被趕到外頭呢。」出門後，木季之悠然地漫步於村內。

他自認並不是個輕浮的人，過往帶給人的感覺，也多是嚴肅而拘謹，但逗弄若桃的感覺實在是太好玩了，他覺得自己恐怕會上癮。

若是這樣的日子能一直延續下去，該有多好——不經意地，他想道。

住在一起，偶爾像今天這樣開個玩笑、拌拌嘴……木季之想像著許許多多的，有關若桃和自己之間的「尋常」。

「（果然，還是有些太奢侈了呢……）」回過神來，他有些無可奈何地想道。

怎麼能忘了呢？

——打從他踏進這個村子的第一步起，所有的一切，都注定與他所渴求的「尋常」背道而馳。

「（所以，可得好好把握啊……在還能夠作夢的這個當下。）」

木季之不由得便加快了腳步。

如同昨日一般，他神態自若地上各戶人家串門子，與村民之間的互動，熟絡得就像是來往多年的老相識。

他與人天南地北的閒話家常，並且似乎總不忘提起某個問題……

若是今生將至此走到盡頭，有什麼事情，是你覺得非得要去做的呢——言談之間，他不只一次地提起了這個問題。

問題的答案，人人都不盡相同。

「非得要去做的事情啊……」聽到木季之的問題，陶大娘沉吟不語了好一會。半晌，只見她輕輕拍了拍身旁小豆子的頭，面上，露出了溫暖的笑意，「其實若真要我說的話，怎樣都無所謂，只要在我走後，這孩子能好好地活下去就好了啊！」

聞言，一旁的小豆子笑著回抱住了她。

「怎麼了，突然問起這樣的問題？」陶大娘有些不解地望向了木季之。

「沒什麼，就是突然感到有些好奇罷了！」木季之的神情看起來有些若有所思。沒有耽擱太久，他起身向陶大娘道別。

……

「從前曾經在老李那兒喝了罈二十年的老酒……真是美味啊！如果可以的話，還真想再嚐一次。」對於木季之的提問，嗜酒成命的張大叔如此感嘆道。

……

「酒？我的確是有自個兒釀酒，不過那批二十年的陳釀，老早就沒了，眼下這批是才剛埋下不久的，要熟陳，可沒那麼快。」李大叔說著便熱絡地領著木季之來到了院中的埋酒地點。

然後他同樣聽聞了木季之的那個問題……

「若真要說有什麼遺憾的話，便是因我膝下無子，那些從父輩傳下來的，砌磚堆瓦的絕活，在我走後可就後繼無人啦！」

……

「你這小伙子可真有趣，盡問些令人想不透的問題。」面對木季之的發問，文奶奶樂呵呵地笑了笑，「我都活到這把年歲了，何時會離開都不奇怪，應當也沒什麼遺憾了。」

「您可別這麼說。無論是何時，都會有些想做的事情的，現在的您，不就相當樂衷於照料外頭的菜園子嗎？」木季之仍不死心地問道。

這一次，文奶奶沉默了良久。

「要說的話，或許真有那麼一件吧！」她說：「我的老伴，之前生了場病後，便逐漸遺忘了許多事情……現在是連我的事情也不太記得了，如果可以的話，臨走之前，真想再和他聊聊我倆從前的事啊……」

聞言，木季之朝不遠處獨自散著步的文爺爺望去。

從昨日拜訪時的情況來看，他是知道老人家的精神似乎出了點狀況，說起話來感覺有些不知所以，卻不知道竟是這樣嚴重的問題。

文奶奶順著木季之視線的方向望去，亦輕輕嘆了口氣。

「那些有形的東西，待我離開後是怎樣也帶不走的，對我而言，只有這些看不見、摸不著的回憶，才是最重要的。」或許是憶起了什麼美好的過往曾經，說著這些話的文奶奶，神情相當柔和。

她看向一臉若有所思的木季之，慈藹地笑笑，「季之，或許有一天你也會瞭解的——能夠有個人讓你惦記、亦或者是惦記著你一輩子，都是這世間最美好的事啊！」

聽到文奶奶的話，木季之不知是想到了什麼，唇邊的笑容顯得格外意味深長。

「謝謝文奶奶，我想，會有那麼一天的。」

……

木季之在村裡閒逛了一早，從村民們那裡打聽出來的答案，也是形形色色。

「（有些或許還可以想辦法完成，其中一些，可就真是不太好辦啦……）」走在路上，他面色嚴肅地思考著。

「木公子。」

突然，一人從一旁出聲叫住了他。

但見阿恆暫時擱下了手邊的農活，快步朝他走來……

「怎麼今日就你一人，若桃呢？」在木季之身旁，沒見到幾乎每日都會按時出現的少女，阿恆有些疑惑地問道。

「我也不清楚，大概有什麼事情耽擱了吧！」木季之毫無愧色地說著違心的話語。

「這樣子啊……對了，我瞧你方才一臉面色凝重的模樣，可是有什麼煩心事？」好管閒事，大概是這個村子的人們共有的特質——話鋒一轉，阿恆又問道。

木季之並沒有馬上回答阿恆的問題。

「阿恆，若是今生將至此走到盡頭，有什麼事情，是你覺得非得要去做的呢？」面對眼前這名老實的青年，他反問。

「那個啊……我和彩英的事情，你也是知道的吧！」阿恆面色靦腆地笑了笑，「對我而言，和彩英成親，就是目前最重要的事了。」

「不過，聽說你一直在找一只遺失的杯子？」

「是啊。」談及這件事情，阿恆不禁露出了有些落寞的神色，「或許我也該是時候放棄，不該再為此讓彩英繼續等下去了。」

「都堅持這麼久了，說放棄就放棄，該有多可惜……這也是你和彩英打小就立下的約定不是嗎？」木季之反問道。

「話雖是這麼說……」

「總之，再找找看吧！說不準這次就讓你給找到了呢。」意有所指地，木季之望向阿恆。他的話語中帶著相當的自信——因為結果如何，是已經可以料想到的了。

「若真是如此，那可就太好了，不過事情哪有這麼容易的啊……」阿恆說著便往不遠處的住處走去。木季之也跟了上去。

「我幾乎是只要一想到，便會將這屋子重頭翻過一遍，不過還是怎樣都找不著，村子裡的大夥兒，我也都問遍了，但是誰也沒有看到。」屋裡，阿恆對木季之說道。

小心翼翼地，他將那個用來收藏酒杯的木匣子取了出來。

「不曉得從什麼時候開始，這匣子裡的杯子就只剩下一只而已……」抱著些許遺憾的心情，他伸手揭開了木匣的蓋子。

「怎麼了嗎？」見阿恆揭開蓋子後，就這麼呆愣在那，木季之湊向前去。

「匣子裡的杯子……有一對。」阿恆喃喃自語般地說著，臉上是無法散去的驚愕。

順著其視線，木季之也見到了那對安穩躺在木匣內的白玉杯盞。

「這不是太好了嗎？這下你就能實現和彩英之間的約定了呢！」見狀，木季之欣慰地說道。

「是啊……約定，我和彩英約定好的。」阿恆喃喃低語著。和彩英立下約定那一日的情景，此時此刻，清晰地浮現在他的腦海內。

說起來，那究竟是多久以前的事了呢……

「我這就去找彩英！」喜出望外的阿恆無暇顧及其他，捧著杯子便往外頭走去。

被其高昂的情緒感染，木季之也揚起了笑容。

——即便是在現在這樣的情況，也總會有些好事發生的，不是嗎？

帶了點如釋重負的清爽，他亦緩緩步出屋外。

屋子外頭，似乎是大夥兒都知道小倆口要成親的消息了。眾人圍繞著阿恆與彩英，訴說著祝福的話語。

很快地，木季之就在人群之中找到了那抹熟悉的粉衣身影。

「我是不是錯過了什麼啊？」走到若桃身旁，他問道。

看樣子，似乎是錯過了最精彩的場面了呢，真是遺憾。

見到突然走到自己身側的木季之，若桃愣了愣。

說起來，她今早才因為這人的玩笑，被耍得有些團團轉，原本出門時也還在想著這件事的，不過眼下……

此時此刻，看著身旁那人從容淡定的容顏，她的心中卻是另一番截然不同的感受。

「木季之，阿恆找到杯子的事情，你是早就知道了嗎？」若桃突然就有這樣的感覺。

若真是如此，這人或許並不只是他表面看上去那樣不正經。

「誰知道呢。」木季之滿不在乎地聳了聳肩，「沒准是剛好讓我給料中了呢！」

他看向若桃，意有所指地笑了笑，「這世上有種人就是專門做這種事過活的，那叫什麼……鐵口直斷？妳知道的吧？」

見到木季之那如同先前一般，帶了點輕佻的笑容，若桃才想起來：對於這名男子，她除了名字以外，幾乎是一無所知。

這名名叫木季之的男子，種種言行舉止都超脫自己以往所認知。若桃幾乎是打從和他剛見面那時開始，便一直被他的步調牽著走，根本無暇顧及其他。

現在，她卻突然很想要知道。

想要知道、想要瞭解——除了木季之這個名字以外的，其他事物。

「木季之，你曾說過你不是大夫，那麼難不成真是給人算卦的……像許多話本裡所說的，特別厲害的那一種。」

「看樣子，妳總算是對我的事情感興趣了。」木季之審視若桃的目光中帶著些許玩味，「我原以為妳不打算問我了呢。」

「還不都是因為你不給我機會開口問嘛……」若桃下意識地就避開了木季之含笑的目光。

木季之看著她的感覺，和其他人都不一樣。

那樣專注的神情，彷彿此時在他面前的，正是其最為珍重的事物一般……

若桃也說不上為何：每當思及至此，自己的思緒便難以平靜了。

「既然如此，那可就是我的疏忽了。既然妳都開口詢問了，我理當也應盡我所能的回答……」木季之停頓了半晌才又續道：「不過直接說出來可就太沒意思了，不如妳先試著猜一猜吧！」

「咦？」若桃詫異地睜大了雙眼，「這該是要從何猜起啊？」

「當然不會讓妳胡亂猜測，我也會給妳一點提示的。」轉過身，木季之走出了氣氛熱烈的人群。

若桃也連忙跟了上去。

「首先呢，我並不會給人卜卦算命，不過如同許多鐵口直斷的相士一般，因為工作的緣故，我亦曾造訪過不少地方。」木季之一邊往村頭的方向走去，一邊這麼說著。

「那麼，你肯定見過不少有趣的事情囉？不過……像這樣四處東奔西走的，你家裡人不會擔心嗎？」若桃不自覺地便想到此處。

聞言，木季之若有所思地沉默了下。

「我娘已經不在了，家裡的那些事情，基本上也一直是父親和兄長在打理著……也因此，我能夠比較隨心所欲地去做些想做的事情。」

但見他低垂著眉眼，淡然地笑了笑，「初時，他們的確是對有明擺著的路不走，偏要走些旁門左道的我挺頭疼的，不過事到如今，約莫也早就習慣了吧！」

「這樣子啊……」從木季之的言語中，若桃不由得開始猜想：童年時期的他，該是怎樣的一個孩子？或許是整日逃家，挺令人頭疼那一種吧？

「妳是想到些什麼了？笑得這麼開心。」注意到若桃嘴邊遮掩不住的笑意，木季之問道。

若桃輕輕搖了搖頭，「我只是在想……你和我之前認識的某個人，可真是有些像。」

「……和妳先前所說的，這村子的上一名訪客？」

若桃頷首。

「不過啊，他的性情可是比你沉穩多了，若從這點看來，你們可就不像了。」望向木季之，她又補充了一句。

「是這樣子的嗎。」木季之喃喃。他傾身湊向若桃，笑得一臉得意，「不過，他應該長得沒我好看吧？」

若桃聞言啞然。

眼前這個目中含笑的男子，相貌的確是相當好看，不過這樣一副理所當然的態度，叫人偏偏不想讓他如願。

「這種事情有什麼可比較的呢？」若桃別過臉，沒有正面回答木季之的問題。

見狀，木季之貌似有些無奈地嘆了口氣。

「我本以為自己的相貌肯定是很招姑娘家喜歡的呢，若桃妳可真是不賞臉。」木季之感嘆著，大有一副懷才不遇的慨然。

「這種事情……你又是怎麼推斷的啊？」出於一種自己也說不上原由的好奇，若桃問道。

提到這件事情，木季之似乎整個人精神都來了。

「至少在我居住的鎮上，可是有不少姑娘喜歡我呢。」他說，語氣中不乏得意。

聞言，若桃低頭不語了好一會。

「那也不一定非得是因為你的相貌好看啊！」良久，只聽她如此說道。

看來自己頗為自信的這張皮相，不太能入得了若桃的眼——正當木季之有些無奈地這麼想道時，卻聽若桃又開口了……

「我想，她們會喜歡你，應該不僅僅是因為相貌的緣故吧？木季之，你身上明明有其他更顯眼的長處啊！」只聽她如此說著，語調和煦、眉眼溫柔。

她想起了和村人們熱絡地打著交道的木季之。

她想，那股溫暖才是木季之身上最為吸引人之處。

啊……自己果真是不夠沉穩呢——聽到若桃的話，木季之不由得由衷想道。

「若桃，其實我……」

「所以說，你究竟是做什麼的啊？」若桃問，硬是將討論的方向又拉回了正軌。

「哈……是了，咱們方才還在討論這件事情呢。」嚥下差點就脫口而出的話語，木季之說不出自己心中究竟是僥倖還是失望更多些。

就在這個時候，兩人也回到若桃居住的小屋前了。

「進來吧！我先給妳看些東西。」如同先前一般，木季之先行推門走了進去。

第五章　霧中真景

走進屋內，木季之再次拿出他那個不知裝了些什麼、看起來沉甸甸的包袱。

但見他從其中取出了些許物什，一字擺開在方桌上。

「吶，這些就是我平時賴以為生的物什，這個提示可夠明顯了吧！」

若桃低著頭，一件一件仔細地端詳。

擺放在桌面上的，依序是一卷白紙、一支狼毫、一塊石硯，以及一個不知裝了何物的小瓶。

「文房四寶？這就是你用來掙錢的物什？」抬起眼，若桃像是有些不確定地又問了一次。

「是啊！很意外嗎？難道妳真以為我會拿出個裝著銅錢的龜甲？」木季之有些打趣地說道。

在方桌前坐定後，他將桌面上的紙卷攤開，並且在石硯中倒入些許小瓶中所呈裝的深色液體。

執起狼毫，他的模樣看起來是架勢十足，與其之前那個恣意輕佻的樣子，幾乎完全是兩回事。

若桃由衷地認為，這樣的木季之可真是好看極了。

身上帶著文房四寶、時常遊走他方……若桃試著就這兩個方面進行聯想。

半晌，她像是靈光一現——

「畫師！我知道了……木季之你是個畫師吧？」若是畫師，的確是有可能行經各處作畫的。

若桃覺得自己的猜測相當合理。

「這個嗎……雖不中亦不遠矣吧！」木季之的回答顯得有些曖昧不清。

只見他提筆蘸墨，開始在紙上描繪起某樣物什……

若桃亦忍不住坐在他一旁，目不轉睛地觀看著。

木季之運筆如飛的姿態，看起來很是快意瀟灑，手中的狼毫彷彿化身為優雅的鶴鳥，於紙上翩然起舞，留下一道又一道的足印。

「完成了。」不一會，便見他將繪有圖像的部分紙卷取下，遞給若桃。

「這個是……」接過圖畫，若桃專注地端詳著，面色不知為何顯得有些凝重。

「是隔壁小豆子養的阿黃。」木季之回答：「我想姑娘家應當是比較喜歡這樣可愛的物什的。」

若桃先是看了看圖畫，再抬眼看向木季之，就這麼來回反覆了好一會……

「木季之，我想你應當不是畫師吧？」這一次，沒有等木季之揭示答案，若桃便已經有所覺察了。

她看著畫中那個名為阿黃，實則僅能依稀辨認出四條腿及一張臉的奇妙物什，感覺心情五味陳雜。

「啊，被妳發現啦！其實這樣的畫的確不是我所擅長的……」見自己精心所繪的大黃狗，遭人如此當面鄙視，木季之的模樣看起來倒不是很在意。

「我所擅長畫的，是另外一種類型……吶，把手伸出來。」他朝若桃遞出了掌，示意其伸出手。

雖然不清楚木季之意欲為何，若桃還是沒有多想的便將手給伸出去了。

她見到自己的手被抓在木季之的大掌中，端詳了好一會。

「……怎麼了嗎？」若桃疑惑。

「只是突然覺得，若是我真會給人看相，或許也不錯。」木季之抬眼望向若桃，「如此一來，或許便能窺見妳未來的模樣了。」

明明應該只是如同以往一般的玩笑話，但若桃總覺得，說著這句話的木季之，神情是莫名地認真。

「為什麼會想知道我未來的模樣呢？難道不是應該想知道自己的嗎？」她不自覺地便出言問道。

聞言，木季之的嘴邊輕揚起一抹輕淺的笑。

「……無論是怎樣厲害的相士，都是無法看出自己的命相的。」對於若桃的問題，他只是如此輕巧地帶過。

他提起蘸飽墨汁的狼毫，往若桃的掌中劃下……

濕潤的筆尖，觸手微涼，幾道來回周旋後，一枚圖樣於若桃的掌中成形。

「這個是……」若桃將手舉到面前仔細端詳。木季之所畫的，與其說是某種圖像，倒更像是一個字。

雖然她並看不出寫的是什麼。

「好看吧？這樣的畫這才是我所擅長的。」

因為不清楚木季之畫的是什麼，所以太確切的評論，若桃也說不上。

不過真要她說的話，應該是好看的。

方才見木季之下的每一筆，都是極為專注篤定的，或許正是因為如此，此時掌中的每一劃，才會都顯得格外飄逸靈動。

不過，見自己的手中突然多了塊圖樣，總是有些不太習慣的，若桃下意識地便伸指去碰了碰……

「奇怪。」她稍微加重了碰觸的力道，「好像完全擦不掉啊！」

出乎其預料之外的，無論怎樣使勁，碰觸圖樣的指尖，愣是沒沾上半點墨汁。

「我特地畫給妳的，擦掉作啥呢？要知道，外頭可是有許多人捧著銀兩，便是為了求我的一畫呢！」木季之理所當然地說道。

「這樣子啊。」聽木季之那麼講，若桃也覺得手中這個不名其意的圖樣，是越發不簡單了，「對了，木季之，你畫的這個圖樣，是不是有什麼含意呢？」

聞言，木季之沉默不語了好一會。

「那個圖樣，包含著祝福的意思。」良久，才聽他這麼說道：「妳最近不是時常作惡夢嗎？那個祝福，或許能讓妳的情況好轉一些……」

原來這枚圖樣還有這樣美好的意涵？

木季之的回答，讓若桃的心底湧現出一股溫暖的感觸。

「謝謝你，我會好好小心，盡量不要擦到的。」她輕輕收起了右掌，低聲道。

「不過啊，畫在手上的話，哪天還是有可能會不小心被我磨掉的，到時你能再幫我畫上嗎？」她突然就想到了這一點。

若是就那麼見不到的話，可真是太可惜了……

「只要，是妳的希望的話。」雙眸微斂，木季之沉聲道。遲疑半晌後，他瞥向若桃，「只要是妳的希望，無論幾次，我都會想辦法給妳補上的。」

若桃總覺得，木季之的話語之中，似乎別有深意。

說起來，似乎打從見到木季之的第一面起，她就有種特別的感覺。

——一種似曾相識的熟悉感。

「對了，木季之，你也會寫字的吧？如果可以的話，幫我寫幾個字好嗎？」半晌，只聽若桃突然這麼問道。

「好啊，要寫什麼呢？」木季之提筆蘸墨。

「是一個名字，不過我不曉得它該怎麼唸。我記得第一個字好像是……」若桃沉聲低語著，試圖回想起更多模糊不明的細節。

但就像妄圖撈起水中之月，本就模糊不清的記憶，在她意圖探尋的那一刻起，便被攪得更加支離破散了。

望著一臉苦惱的若桃，木季之靜默不語。

「既然如此，不如讓我為妳寫點別的吧！」一會，他道：「有一首詩，我覺得很適合妳。」

木季之說著便開始運筆題字。

墨色筆尖行雲流水一般地，在潔白的紙面上留下一個又一個流暢雅致的字跡。

「這是……」成篇的字跡，流暢優美得就像是一幅畫，並不是這麼容易逐字辨別。

不過若桃似乎從中看見了自己的名字。

聞言，木季之頗富深意地看了若桃一眼。

「是《桃夭》。」低沉的嗓音中，似乎隱隱含笑，「這是我最喜愛的一首古詩，我想將它送給妳。」

因為不識字，若桃無法理解詩文的含意。

不過有一件事，她是知道的。

不必寫為文字、毋須化作言語——她知道，木季之注視著自己的眼神中，有份很深的感情在裡面。

「……木季之，我們倆從前是不是曾經見過面呢？」雖然有些荒謬，但若桃還是不自覺地就問出口了。

這一次，木季之久久沒有言語。

「……誰知道呢。」最終，他只是這麼不置可否地答道。

「說起來，今晚村裡應該會有場宴會吧？」但見他突然就轉了個話題，「我們要不要去看看，有什麼需要幫忙的呢？」

像桃源村這樣的小村，成婚儀式並不像城裡那樣複雜。

特別是像阿恆和彩英這樣幾乎早已是一對的。今晚的宴會，只是個簡單的形式，其目的，主要只是為了讓大夥兒聚在一起熱鬧一下罷了。

站起身，木季之逕自往門口的方向走去。

「若桃，或許我並不總是那麼誠實，但唯有一件事情，可以請妳一定要相信我嗎？」回過頭，他說道：「無論是在怎樣的情況下，對我而言，妳的事情都是最重要的。」

語畢，沒待若桃有所反應，便見他逕自開門離去。

木季之臨行前所留下的那句，不是答案的答案，讓若桃陷入極端的困惑。

為什麼木季之要對自己說那樣的話呢？自己與他之間究竟是……

不知為何地，若桃突然有種感覺：某些事情，一直以來好像都被自己給忽略了。

她試著認真去回想——有關那些自己記憶中所認知的一切。

然後她發現：那些自己一直以來總是習以為常的，所謂的「真實」，此時想來，竟無一不令人感到違和……

首先，自己並沒有過去的記憶。

照常理而言，自己必定是曾經歷經過像小豆子那樣的「童年」才對，不過若桃發現，在自己現存的記憶中，並沒有這一段畫面。

——與其說是淡忘缺失，倒更像是未曾有過。

而對此，自己一直以來竟然都習以為常、不覺有異……

不，或許自己是隱約地察覺到了。

若桃想起了一直以來不時浮現於自己心頭的，那樣與周遭格格不入的違和感。

她想，那是因為自己的確是「不一樣」的。

覺得奇怪的事情，並不只是這件。

再者，她發現對於自己所生活過的這段年歲，自己似乎並沒有一個明確的「時間」概念。

她能記得某件事情發生的經過，卻無法說出其發生的確切時間。

「（木季之來到村子，是昨天的事了，然後前天……又發生了些什麼呢？我記得我曾經讓村長伯伯給我講話本裡的故事，故事的內容我至今都還記得……不過那究竟是哪一日的事？）」

「（小四離開村子的那一天，又是什麼時候的事了？）」

仔細審視，若桃才發現：自己記憶中所擁有的，是許多先後順序難以辨別、極為相似的日復一日。

不只是她，這村子裡的人們似乎也都是……

然而，一直到方才——因為對木季之的似曾相識，而讓她想重新審視起自己的記憶之前，她似乎完全沒發現，長久以來的認知有什麼不妥的。

——一直都沒發現，有關自己及周遭一切的存在，是多麼怪異的一件事。

「（說起來，小四當初又是怎麼離開村子的呢？明明這裡就……）」

她感覺眼下的自己，就像身處於伸手不見五指的五里霧中。

而濃霧後所掩藏的，是個自己絕對不會樂見的真相……

「木季之……你全部都知道吧？有關這所有一切問題的原因。」

看著木季之方才寫下的那篇古詩，若桃沉吟著。

半晌，她像是突然發現了什麼，看著詩篇的神情，帶著強烈的不可置信……

「不會吧……」

現在，除了靜待原地等霧散去以外，她想，她或許仍有一件事情可做。

對桃源村的村民們而言，村裡有人要成親，可以說是天一般大的喜事。

他們村裡已經好久沒有這樣的天大喜事了。為了晚上的宴會，他們全體動員，井然有序地分工忙活著。

此時，村子中央的一處廣場已經擺了幾張桌子，今晚的宴會，預計要在外頭進行。

見到這樣熱絡的氣氛，若桃理當要覺得興奮，但眼下的她，卻感到有些心緒不寧。

沒有和在廣場上忙活的村民們打招呼，她有些匆忙地往某個地點趕去……

「村長伯伯，我是若桃，我來找您啦！」如同以往的無數個日子般，若桃拜訪了村長的住處。

「哦，若桃啊，先進來吧！」村長面前的桌面上堆放著紙筆，看來是正在寫字。

「您在寫些什麼呢？」見狀，若桃走上前去。

「晚上的宴會，我得要負責講幾句祝詞，先想想要講些什麼。」村長如是說道。身為村裡最德高望重並且學識淵博之人，這樣的任務理所當然地落在了他的頭上。

「怎麼啦？若桃，外頭正在為宴會做準備呢，妳不過去湊熱鬧嗎？」對於少女有違本性的行徑，村長有些疑惑地問道。

若桃輕輕地搖了搖頭。

「就是想到今日還沒和您聊過天呢……我在這兒不會打擾您吧？」

「怎麼會呢？妳先坐下吧！」村長笑著招呼若桃坐在不遠處的一張椅子上，「今日妳想聊些什麼呢？」

「我想和您聊聊，我以前的事情。」若桃拉開了一抹輕淺的笑，「您是看著我長大的吧？我不太記得以前的事了，因此想聽您講講呢。」

「小娃兒腦袋怎麼這樣不好使？」聞言，村長不禁啞然失笑。只見他微微瞇起雙眸，像是在思索著，「若桃妳小時候的事情啊，讓我想想……」

若桃由衷地希望，能從老人家的口中得知自己過往曾經，哪怕只是隻字片語也好。證明自己的過去並不是一片空白。

「奇怪……我怎麼就完全不記得了呢？」村長努力地回想著，試圖給出一個答案，然而，卻始終沒有下文。

「抱歉吶，若桃，看來我是年紀大腦子不堪用了，有關那些事情，我竟是全然沒印象了。」最後，他只得有些慚愧地這麼告訴若桃。

「不要緊的，我也就只是隨口問問。」若桃不以為意地笑笑。

想問的問題，其實還有很多。

可她現在卻沒有勇氣再繼續問下去了。

所以眼下只剩下一件事情……

「村長伯伯，這裡有首詩，不過我不會唸，您可以幫我看看嗎？」若桃遞出了木季之方才送給她的詩篇。

「讓我看看喔……」村長接過詩篇，「哦，是《桃夭》啊！是誰寫的呢？這字寫得可好了！」

看著詩篇，村長的眼裡有著讚賞。

「是木季之。」若桃回答：「您方便唸給我聽嗎？我……不會讀。」

村長點點頭，「好啊！妳聽著囉……」

在村長的幫助下，那篇如畫一般優美的文字，化為聽得見的言語，進入了若桃的腦海中……

「桃之夭夭，灼灼其華。之子于歸，宜其室家……」

不知是否是因為聽得太入神了，聽著村長的唸詞，若桃怔然不語。

「……桃之夭夭，其葉蓁蓁。之子于歸，宜其家人。」村長將手中的詩篇放下，「通篇唸下來，大概就是這個樣子了。」

「……謝謝您了。」若桃將詩篇接過。不知怎麼地，手有些顫抖。

（「我的名字，寫起來便是長這樣了。」）她想起了當時並列於自己名字旁的那三個字。

破散之月，再次於水面完滿。

她想，她可能已經窺見到一點了，有關那掩藏在濃霧後頭的真實——看著詩篇中的文字，她若有所思。

「不過木公子這詩寫得可真是時候……嗯，是為了今晚的事情特地寫的吧？」半晌，只聽村長有些感慨地說道。

「怎麼說呢？」若桃不解。

「對了，我還沒給妳解釋這首詩的意思吧？這首詩的意思，大概是這樣的……」

聽完村長對詩的解釋後，若桃久久無法言語。

她記得木季之曾經對自己說過，這是他最喜歡的一首古詩。

他還說過，覺得這首詩很適合自己。

「我……出去外面看看！」若桃幾乎是有些匆忙地向門外奔去。

她突然非常想要見到，將那首詩送給她的木季之。

吶，寫著這首詩的時候，你的心裡是在想著什麼呢？

——究竟是什麼樣的緣故，讓你想要來到這裡？

無數個堆疊而起的疑問，將她的內心充盈得滿當當的，思緒，因此而感到激動不已。

混沌的濃霧中，似乎出現了某人的身影。

從木季之的身上，她似乎見到了某份「真實」——在這個幾乎伸手不見周遭的當下。

走出屋外，若桃很快便在廣場人群中見到了來回走動的木季之。

即便是在這樣紛亂的場面，他的存在，還是一瞬就吸引了若桃的目光。

木季之似乎也見到若桃了。

但見他踏著閒適的步伐，緩緩朝她的方向走來……

「還在想怎麼沒見到妳呢！這就看見妳過來了。」瞇起眼，他有些打趣地笑道。

「我……」若桃看著木季之的笑顏，那些原本想說的事情，不知怎麼地都卡在喉裡出不來了。

私心地，還想要讓這樣的現狀維持久一點。

——不想讓這場掩蓋著真相的濃霧，那麼快散去。

「為什麼……你要寫那首《桃夭》給我呢？」望著木季之，她最終只是說了這麼一句。

聞言，呆愣的神色在木季之的臉上停留了好一會。

「因為，那裡頭包含了我的此生心願。」良久，才聽他這麼意味深長地說道。

說著那句話的木季之，模樣看起來相當落寞。

若桃心想：除去外在那些虛華不實的謊言，這或許才是他最真實的模樣。

「吶，大夥兒似乎都在布置會場呢，妳也一塊過來吧！」木季之說著便抓過了若桃的手。

「無論如何，眼下最重要的事情就只有一件，對吧？」回過頭，他對著若桃勾唇一笑。

「……嗯。」若桃點點頭，下意識地收緊了相握的手。

無論自己所知的一切是怎樣改變，唯有一件事情，若桃是可以肯定的。

——她喜歡桃源村，喜歡這個村子裡的大家，希望此處的寧靜幸福，能夠一直延續下去。

是夜，村中的廣場上設置了一場熱鬧的餐宴。

搖曳溫暖的燈火，及場中充斥著的喧鬧人聲，將這個山村夜晚，妝點得和以往大不相同。

做為這場晚宴的主角，阿恆與彩英兩人坐在最中央的位置上，身上的打扮，也較平常還要來得亮麗許多。

「阿恆、彩英，恭喜你們了，以後也得要好好過日子啊！」絡繹不絕地，一旁的村民們紛紛為小倆口獻上祝福。

「謝謝大家，日後我肯定會好好對待彩英的。」阿恆說道，溫柔地看向身旁的妻子。

不遠處的若桃見到這一幕，面上也不禁揚起欣慰的笑容。

「真是太好了呢，不是嗎？」靜靜的，木季之走到了若桃身旁。

「就是啊……」低垂著面容，若桃低語著。

見到這樣的若桃，木季之沉思不語。

「對了，我有個好東西，想要給妳看看。」一會，只聽他這麼說道。

聞言，若桃抬起了頭，算是被挑起了好奇心。

「是什麼東西我就先不說了……不過我可以跟妳保證，妳絕對會一眼就喜歡上的。」他有些神祕兮兮地笑笑。

木季之的語氣中，充滿了勢在必得的自信——若桃想起來了，似乎在不久之前，自己也對木季之說過類似的話語。

另外，在更久更久之前，也是如此。

「總之，在這裡沒辦法看，妳跟我來吧！」

木季之帶著若桃，走上了離廣場有一段距離的，一道低緩的矮坡。

從這個地方，可以清楚地看到廣場溫暖的燈火及重重人影，也能隱約聽到從那頭傳來的喧鬧。

「到這裡差不多就行了……」木季之說著便走向了不遠處的一顆大石旁。擺放在石頭邊的，是一包木季之事先就準備好的物什。

「這個是……竹筒？」若桃走近一看，發現布巾下包縛的是幾個頂部糊上了紙，不知其中填塞了何物的竹筒子。

木季之說這東西自己一眼就會喜歡上？

「這可不是一般的竹筒，它可是會生出『花』來的。」對此，木季之解釋道。

花？從這些筒子裡生出來？若桃是感到越來越不可思議了。

「用說明的不太容易，不如直接看看吧！」木季之說著便取出了一個竹筒，並且將其固定在了前方的一處地面上……

以火摺子將連接自竹筒上方的一根引線點著後，他連忙牽著若桃往後退。

「可能會有些吵，別嚇到啦！」若桃見到木季之對自己如此笑言著。

然後，還沒等她反應過來，便見引線燃盡的竹筒發出了「砰」一聲的炸裂聲響，一道耀眼的火光，亦倏地從其中竄出……

成束的火光竄至半空中後，便如同落地的水般碎裂四散，於黑夜中留下了成片的細碎光華。

雖然只有短暫的一瞬，但簡直就像是花一樣——盛開於漆黑夜空中的光之花。

「這個叫做『煙花』，喜歡嗎？」木季之眉眼溫柔地望向一臉目瞪口呆的若桃。

「原來還真的有啊……這樣開在半空中的花。」若桃若有所思地低語著。轉過頭，她望向一旁的木季之，「不過怎麼這麼快就消失了呢？剛剛看到的……難不成都是假的？」

「這哪有什麼真的假的啊？」木季之不覺失笑，「雖然只有短暫的一瞬，但絕對不是虛幻。」

「覺得美麗、覺得驚嘆……至少，這些感受都是確實存在的，不是嗎？」

聽到木季之的話，若桃默然不語。

但見木季之再度走向前去。蹲踞在地，他認真的搗鼓起幾個煙花筒。

「好了，這回，可會比方才更精彩啊！」將成列的煙花筒點著後，他退至若桃身旁。

被單條引線串聯而起的多個竹筒，依序被引燃炸裂，一時之間，空中綻放的煙花連綿不絕，喚醒了這個本應寂靜的黑夜。

若桃聽見不遠處的廣場中亦傳來了陣陣騷動，沉浸於宴會中的村民們，大概也注意到了那些綻放於空中的光華吧！

「看來大夥兒都很高興呢！真是太好了。」望著天上的煙花，木季之低喃著。

若桃不覺便看向了說著這些話的木季之。

空中飛散的煙花，讓他的容顏在黑暗中有了一瞬的光明，若桃因而清楚見到了，那凝於他面上的溫柔神情。

雖然眼下一切的情況都尚未明朗，不過她想要相信他。

她想要相信，有著這樣溫柔一面的木季之。

「木季之，其實你會來到桃源村……並不是因為迷路的關係吧？」

聽到若桃的問話，木季之不由得呆愣了好一會。

他回頭望向若桃。昏暗之中，她的表情顯得很平靜。

「為什麼會這麼想？」面對拋來的問題，他不答反問。

「因為雖然忘了是多久以前的事了，但我想，我的確曾經見過你。」若桃說，面上的笑容攙和了幾分難以言喻的苦澀，顯得有些複雜。

木季之沒有回答——唯有這一次，他不想說謊。

若桃轉過身，走向一旁的一顆大石，「我記得就在這個地方，你曾經問過我：有沒有想過要離開這個村子看看。當時，我沒有多想地便回答了不可能。」

「現在仔細想想，我根本就不知道該如何離開村子……」頓了一會，她說道：「木季之，對我而言，這個地方是不是根本就不存在出村的路？」

若桃的話語過後，是一陣令人感到有些難熬的靜默。

木季之還在思忖著該怎麼開口，而就在此時，一滴冰涼滑過了他的臉頰。

是雨，這個仙境一般總是風和日麗的村莊，久違地，再次降下了雨。

初時，只是幾滴散落的水珠，俄頃，便成了一陣鋪蓋而來的雨幕。

落在身上的冰涼，讓若桃愣了一下——這是她記憶之中不曾有過的景況。
「我……完全不記得自己的過去，這個村子裡的人，也完全不知道我的來歷，可是大夥兒竟然就這麼一直習以為常地生活過來，全然不覺有異……」
「木季之，現在站在這裡的我……究竟是『什麼』呢？」
「若桃……」
若桃擺了擺手，示意木季之讓自己繼續講下去。
「不對勁的，似乎並不只是我而已。」
「木季之，為什麼和先前見面的那時候相比，改變的只有你，這個村子的一切卻是絲毫未變呢？」抬眼望向木季之，若桃神色哀戚，「如果現在在我面前的你是真實存在的話，那麼有關這個桃源村的一切，又是怎麼一回事呢？」
「吶，你全都知道的吧？可以告訴我嗎？」
一連好幾個問題，從若桃的口中傾吐而出，重擊著木季之的內心。
他並不想要見到若桃這樣悲傷的模樣。
如果可以的話，他希望她永遠都是最初在桃林中相遇時，那名天真不知世事的少女。
不過，如果是現在的話，或許還來得及……
「吶，若桃，妳還記得我今日在妳手中畫下的那個圖樣嗎？」木季之問道。

畫？

若桃下意識地便握了下右手。

「我說過的吧？那之中包含著祝福……其實，那是個可以實現願望的咒語喔！」

「你是說……這個圖樣？」若桃攤開了右掌——如同剛畫上時一般，上頭的圖樣依然清晰。

木季之點點頭。

「妳說得沒錯，我當初之所以會來到這裡，的確不是一場意外。」良久，只聽他這麼說道：「若桃，我是為妳而來。」

明明耳邊仍迴盪著淅瀝的雨聲，但在聽聞木季之說完那句話的一瞬，若桃卻覺得周遭靜極了。

她突然想起了木季之寫的那句「桃之夭夭，灼灼其華……」

「妳是我一直思念著的人，妳所深愛的這一切，也絕對不是虛幻。」木季之走上前去摟住了若桃。靠在若桃耳邊，他輕聲說道：「所以，睡一會吧！待妳醒來之後，一切都會好轉的……這是我為妳許下的願望。」

「對不起了，若桃。」

耳邊最後殘留的，是男子輕柔的低語。

之後，若桃便感到意識陷入了昏沉。

在意識完全化作一片黑暗以前，她感覺右掌心之中傳來了一陣微弱的熱度，像是有什麼重要的東西，要脫離她的掌握，從手中溜走了……

事實上，這世上壓根就沒有所謂「實現願望的咒語」。

木季之送給若桃的，是「忘卻」。

忘卻記憶中那些令人感到矛盾的一切，然後，若有關自己的回憶，便是矛盾本身的話……

「那麼，就把我的事情也忘了吧……」木季之牽起若桃垂在身邊的右手。右掌心之中，本該有一枚由他親手畫上的圖樣，此時，卻乾淨得連半點痕跡也不剩。

——彷彿一開始就不曾存在過似的。

第六章　異變蔓延

另一頭，一場突如其來的大雨，似乎讓原先氣氛熱絡的宴會完全變了調。

「阿恆……大家這是怎麼了啊？」靠在阿恆身旁，彩英驚恐地望著眼前的景象。

宴會之上，方才還熱情地為自己獻上祝福的村人們，此時卻像是了無生氣的人偶一般，不言不動。

即便大雨澆在了他們身上，也是木然地，毫無反應。

「不知道啊！怎麼突然就變成這樣了呢……」眼前這詭異的景象，讓阿恆的嗓音不自覺也帶了些顫抖。

他試著去推了推一名位於自己最近處的村人，卻還是徒勞無功。

「這可怎麼辦呢？有誰、還有誰……」張望四周，皆是死寂似的沉默。

就在這個時候，他見到一道人影，從不遠處的山坡緩緩走下……

「那個是……」昏暗之中，這樣的距離難以辯認來者為何人，不過知道這村裡還有除自己和彩英外，狀態正常的人，阿恆的心裡也燃起了一線希望。

他和彩英不自覺地走上前，想要看清來者為何人。

「那不是……木公子！」

見到來者為木季之，阿恆與彩英加快腳步，往木季之走去。

木季之很快就見到了神色匆忙地奔向自己的夫婦倆。

他也見到了不遠處廣場靜寂詭異的景象，然而很奇怪的，他的神色依然平靜。

被當下情況給震懾的阿恆卻無暇多想。

「木公子，方才不知怎麼地，大夥兒突然就變得不說話也不動了，無論怎麼叫喚，都沒有反應，眼下就只剩我和彩英還好著了……木公子，你可知道這是為何？」他著急地敘述了方才的情況。

聞言，木季之不語。

他打量下周遭，似乎是想將當下的情況看得更加仔細。

「吶，阿恆……」就在這個時候，彩英伸手揪了揪身旁阿恆的衣袖，「木公子懷裡抱著的，不是若桃嗎？」

阿恆也注意到了——不知是昏迷了還是怎麼著，此時的若桃是緊閉著雙眼，動也不動。

然後他也驚覺到了：眼下，木季之這個過於平淡的反應，未免有些不太尋常。

他下意識地就想偕同身旁的彩英後退……

似乎是察覺到他們的異樣，但見木季之收回探詢周遭的視線，朝他們這裡看了過來。

「雖說是脫離了控制，不過看來你們倆是什麼都還不知道，是嗎？」令人感到有些不知所以地，他問道。

「什麼？」

木季之先是走到一旁，將若桃的身軀小心放下。

「有關離開這個村子的路……你們想起來了嗎？」轉向阿恆與彩英兩人，他又詢問道。

「什麼出村的路，木公子，我聽不懂你在說些什麼……」阿恆完全弄不明白現在是什麼情況。

可以肯定的是：現在的木季之，絕對很不尋常。

「很抱歉，明明是這樣的一個大好日子。」望向阿恆及彩英，木季之的臉上有著歉疚，「可我，卻無法給你們送上祝福了。」

若桃作了一個夢。

這一次，她難得沒有見到先前那樣炎天血地的煉獄景象，難得的，享受了安然的平穩。

在夢的開頭，她先是見到了一名少年。

雖然看不清少年的樣貌，但若桃能察覺到從他那兒傳來的喜悅。

而夢中的自己，心情也是相當愉快的。

地點是在村莊盡頭的那株巨大桃樹下，少年就那麼站在自己身旁，與自己抬頭望著春日盛開的漫天桃華。

畫面一轉，天色由白晝變為黑夜，鋪散於頭頂的，也由緋紅的桃花，變成無數細碎的光華。

若桃沒見過那樣的景像。

那樣美麗而令人驚嘆的夜中明光……簡直就像是在半空中盛開的花朵一樣。

這一次，站在她身旁的是一名高大的男子。

然而，無論若桃怎樣努力，如同方才一樣，她仍舊是看不清身旁那人的樣貌。

她見到男子開了口，似乎是想和自己說些什麼。

然而，還沒等她聽明白，夢境便戛然而止了……

「……我怎麼會作這樣奇怪的夢？」睜開雙眼，若桃發現自己一如以往地身處在自個兒住所的床榻上。

也差不多是時候了——不一會，便聽到了屋外傳來了大黃狗嘹亮的吠聲。

嶄新的一天，開始了。

若桃坐起身，打算開始梳妝打扮，而就在此時，她發現自己的衣袖內似乎有樣東西。

若桃取出一看，發現那是一張摺疊起的紙，上頭寫著許多自己看不懂的文字。

「……這是什麼呢？」

怎麼也想不透自己是何時放了這樣的東西在身上，若桃索性先將它疊起，想要找個地方收好。

然而，正當她打算要將那篇文章收在一個盒子裡時，她發現盒子之中，早已放了另一樣物什。

那是一張上頭畫了個不知為何物的圖紙。

若桃也不記得自己曾經看過這樣的東西。

「奇怪了……」

雖然感到百思不得其解，但若桃並沒有多想。

在簡單的梳洗打扮過後，她便如同以往地想要先到外頭去。

出了門，觸目所及的景象使讓若桃感到訝異。

往常一眼望去便能看見的，清溪兩側的茂密桃林，似乎在一夜之間全數凋零了，不僅僅是花，甚至就連葉也不剩。

原本春色爛漫的景象，頓時變得死寂蕭條。

「怎麼會這樣……」

這就像是一個不祥的徵兆。

今日的桃源村，一早便瀰漫著一股令人不安的氣氛。

來到村裡的廣場，眾人紛紛就今早所見的異像、及昨晚所發生的事情進行討論……

昨夜，村民們在這裡舉辦了一場宴會，算是慶祝阿恆和彩英正式結為夫妻。

這理當是件令人喜聞樂見的大事的……然而奇怪的是，沒有人記得，在那場宴會的最後，究竟是發生些什麼事了。

大家似乎都不約而同地，擁有一段記憶上的缺失。

單就只是這件事情，就已經很不尋常了，再加上，今早又見到了桃花一夜凋零的異像……

「感覺好像會發生些不好的事啊……」一名村民如此感慨。幾乎是在場所有的人，都與他有著相同的想法。

而這樣的預感，似乎馬上就成真了——

「說起來，從方才開始，便一直沒有見到阿恆和彩英呢。」言談之中，一人突然提起了這樣的疑問。

眾人也都注意到了。發生了那麼大的事，村裡所有的人都到齊了，就是獨缺他們倆。

「……不會是還在屋子裡吧？」

「他們倆可不是那樣懶散的人，即便是因為昨晚的餐宴，也不至於如此誇張，尤其是阿恆，往常到了這個時候，他早就該在田裡工作好一會了。」

眾人面面相覷，卻始終沒能得出一個結論。

「不如……直接過去看看吧！」

於是，以村長為首的數人直接來到了阿恆的屋子。

他們先是在外頭叫喊，卻始終得不到任何回應。

「怎麼辦？好像沒人在啊……」

幾經討論之後，他們決定直接進去。

「打擾了。」緊閉的房門並沒有上鎖，可以直接打開。

……打開房門後，不出所料，屋子裡頭並沒有見到任何人。

「怎麼會這樣呢？只能去其他的地方找找看了。」村長吩咐了身旁的幾名村民，請他們把村子裡頭都找過一遍。

就在這個時候，他注意到了站在一旁，臉色不知為何有些難看的若桃。

「怎麼了？若桃，身體不舒服嗎？」見狀，他關心地詢問道。

若桃忙不迭地搖了搖頭，「我也去幫忙找吧！肯定……會沒事的。」

語畢，便見她匆匆地跑開了。

她不知道為什麼，突然就有種相當不妙的感覺。

阿恆和彩英，不會再回來了——這樣的想法，突然就浮上了心頭。

「（不會的、絕對不會有事的……）」

然而，眾人協力在村子裡找了個遍，到頭來卻還是一無所獲。

那麼大的兩個人，就這麼突然消失了，沒有留下半點痕跡。

阿恆和彩英失蹤了——直到最後，眾人都不得不接受這個事實。

對照今早的言論，事情的發展，似乎越來越偏往一個奇詭的方向。

若桃感到很詫異。

在她的印象中，這個村子的氛圍一直是那樣的安穩而平靜。在這裡，沒有痛苦的貧窮、沒有駭人的傷病……若桃甚至沒見過那些令人感到悲痛的死亡。

然而，眼下阿恆和彩英——那麼大的兩個人，就這麼突然憑空消失了，事前完全沒有任何徵兆。

……昨晚大家共同遺失的那一段記憶裡，究竟是發生些什麼事了呢？

又經過一段長時間的議論紛紛，結果，依舊是不了了之。

「總之，只能再看看之後會不會有其他消息了，大夥兒都多留意些啊！」最後，村長只能以這句話暫時將此件事作結。

表面上，大家還是該做什麼便做什麼去，心裡面，卻因此而擱下一塊不小的疙瘩。

若桃仍舊無法相信。

熟悉的人，突然就從自己面前消失什麼的……

但經過某處農地時，往常總會在裡頭勤奮工作的那名年輕人果然不在，不遠處的屋子裡，也是空空如也。

令人困惑的事情並沒有到此結束。

阿恆和彩英失蹤的事情，只是一個開端⋯⋯

當晚，若桃作了一個比往常都還要來得真實的惡夢。

地點同樣是在這個令人備感熟悉的村子裡，時間同樣是黑夜。漆黑的夜空，同樣因為村內燃燒的烈火，而被映得通紅一片。村裡的房屋著了火，溪邊的桃樹也在燃燒，這一次，若桃甚至能輕晰地感受到，那不斷透入體內的滾燙熱度。

若桃在村裡焦急地奔走著，試圖能見到任何熟悉的人，在她行經的路途中，腥紅色的液體，漫流一片。

「（怎麼會這樣⋯⋯人家都上哪去了？）」

——不要留下我一個人。

悲痛的感覺，不斷地膨脹發酵，幾乎要將內心撕裂。

就在這個時候，她聽到了　陣淒厲的慘叫聲。

當中所包含的苦痛，尖銳得，能夠劃破黑夜。

聲音的主人，若桃發現自己似乎是認得的。

「（⋯⋯是彩英。）」

若桃急忙地往聲音傳來的方向趕過去，然後她便來到了位於村莊中央的一處空地……

印象中，不久之前，村人們才在這裡為一對新人置辦了一場餐宴，眼下，同樣一個地點，沒有溫暖的搖曳燈火、沒有熱鬧的觥籌交錯，有的只是令人怵目驚心的血紅一片。

而那場餐宴的主角——阿恆和彩英，此時正倒臥在血泊之中，瞪至目眶欲裂的雙眼，似乎在悲痛地訴說著，對於發生在自身上遭遇的不可置信……

「怎麼會……阿恆和彩英怎麼會死了呢？究竟是誰……」若桃顫巍巍地走上前去，對於發生在眼前的景象，仍舊難以置信。

「究竟是誰……竟然這樣殘忍。」

照方才聽到的慘叫聲來看，或許阿恆是在彩英之前死去的。只見倒臥在血泊中的彩英伸長著手，似乎是想抓住位在不遠之處的戀人，卻終究沒能夠如願。

咫尺的距離之間，相隔的是永恆的離別。

若桃不自覺地便湊向前去，想要將倒臥在地的兩人的手牽起。

若就這麼放著不管，感覺實在是太可憐了。

然而就在此時，她察覺到身後似乎有人逐漸靠近。

一步一步地，那人正朝自己所在的方向走來……

「妳知道嗎？離開這個村子的方式。」腳步聲停止，緊接著傳入耳中著，是一句男子的低語。

正當若桃想要回頭一探究竟時，夢，醒了。

若桃睜開雙眼，發現自己仍好好地待在屋子裡，周遭沒有什麼大火，更沒有阿恆和彩英的屍體……

這還是第一次，若桃在一覺清醒之後，仍舊那樣清晰地記得夢中所見的景象。

她仍舊記得，染滿鮮血的廣場上，阿恆和彩英死不瞑目的模樣。

「（難不成阿恆和彩英真的……不可能的，那只是一場夢而已。若真是如此，村子裡不應該會毫無異樣。）」

若桃努力想甩去腦中那些令人驚恐的想法，不安的情緒，卻早已在她的心底紮根、滋長。

「（一定是突然發生那樣的事，才會讓我這樣胡思亂想的，說不準，阿恆他們只是到村子外頭去了……）」

若桃思忖著，然而，心裡也不免湧起了另一個疑惑……

「離開桃源村的路……究竟是在哪呢？」

妳知道嗎？離開這個村子的方式——若桃記得，昨夜那場夢境的最後，身後那名身分不明的男子，便是這麼向自己詢問的。

若桃猶兀自思索著，半晌，她卻發現平日總會傳來的，屋外大黃狗的吠叫，似乎有些不太尋常。

那樣慌亂的感覺，讓若桃聽了也不禁焦躁不安了起來。

她沒有多想地便往外頭走去。

屋外，沒有見到如往常一樣在門前愉快玩耍的小豆子，只有見到阿黃看起來像是有些焦急地不斷在原地兜著圈子。

「阿黃啊……今日怎麼沒見到你的主人呢？」若桃走上前去，摸了摸溫順黃狗的頭頂。

對此，阿黃只是有苦難言似的嗚嗚叫了兩聲。

因為覺得有些擔心，若桃打算親自去看看。

……

「陶大娘，我是若桃，可以進去嗎？」

如同往常一般，門並沒有鎖，得到裡頭的人應允後，若桃便推開房門走了進去。

屋裡，陶大娘正待在床榻所在的內室。

「陶大娘……小豆子這是怎麼了呢？」

若桃走近一看，發現小豆子正躺在床榻上，而陶大娘則是坐在一旁照看著他。

「沒什麼，只是睡著了而已。」陶大娘回答：「昨晚作了惡夢，沒有睡好。」

「惡夢……」若桃不自覺地便想到了那個染血廣場的景象。她望向陶大娘，問道：「知道是夢到些什麼嗎？」

聞言，陶大娘沉思不語了好一會。

「火，聽小豆子說，他見到屋子著了火。」陶大娘沉聲說道：「然後有一個高大的男人，拿了把刀子，追著他。」

「怎麼會……」同樣是在昨晚，小豆子也作惡夢了？

雖說夢境的內容，和自己是不一樣的……

「不要緊的，雖說受了點驚嚇，但在我安撫過後，現在已經沒事了。」見若桃一臉擔心，陶大娘說道。

彎下腰，她輕輕地為小豆子掖好被子。

「那麼陶大娘您呢？昨晚您……也有作夢嗎？」若桃不自覺地便問道。

然後她見到陶大娘的動作因為自己的問題而停頓了一下。

「不要緊的，畢竟只是一場夢嘛！」陶大娘淺笑著望向若桃，「無論見到了什麼，都不會是真的。」

若桃沒有再問陶大娘夢到些什麼了。

因為她見到就像是在隱忍著什麼似的，陶大娘的雙手，正微微地顫抖著。

一打聽才知道，原來昨晚，幾乎全村的人都作惡夢了。

夢境的內容大家都不盡相同，但卻是極其相似的。都是有關發生在這座村子裡的，破滅與死亡。

濃烈的不安，再次籠罩了整個桃源村……

「怎麼會這樣呢？先是桃花，再來是阿恆他們……我們這村子，不會是出了什麼問題吧？」說著這句話的是張大叔。昨夜夢裡，教人一刀開膛剖肚的感覺，似乎仍殘留在身上。

「這究竟是怎麼一回事呢……」村長也相當不解地喃喃。他下意識地伸手摸了摸，似乎仍餘有些許冰冷觸感的脖子。

「我說啊，我們這村子不會是……」一名村民神色不安地，正想要說出自己的想法，然而就在這個時候——

「我看此地的氛圍並不尋常，許是遭遇了邪祟之物。」

就在這時，一名男子一面說著這句話，一面朝正聚在廣場上議論紛紛的村民們走來。

「你是……」廣場上的村民們因聞聲而往來者望去。

說出那句話的男子，模樣看起來頗為年輕，約莫二十來歲，長相俊秀溫文，是個從未見過的生面孔。

「我名叫木季之，是個術士，偶然間察覺到鄰近的異狀，而來到此地。」面對村民們的詢問，陌生男子——木季之如是說道。

雖然對這突如其來的訪客感到有些意外，但村人們更在意的，還是木季之所謂的「邪祟」一事。

「敢問這位師父方才所說的意思是……」村長走上前去，試圖再進一步詢問。

望著村長，木季之的眼中閃過了一絲深沉。

「我想要表達的，便是字面上的意思。」木季之沉聲道：「眼下，這個村子裡潛藏了些許非人的邪祟之物，會發生那些怪事，泰半也是因為如此。」

「原來如此，我就說嘛！怎麼會無緣無故地大家就一同作了惡夢呢……」對照昨晚發生在大夥兒身上的狀況，木季之此時的言語，便顯得分外容易讓人信服。

「那麼，木師父可是已經知道了於村中作祟的邪祟之物為何？」見事情似乎已有了些許頭緒，村長連忙追問。

「詳細情況，恐怕我還得多花點時間調查。」木季之回答。

聞言，眾人紛紛上前請求，希望他能協助調查此事。

「我之所以會來到此地，便是為了解決此事。」木季之說道：「我必須得在這裡待上一段時日了，請問可否為我提供合適的落腳處？」

「這自然是無妨的，師父肯出手相助，當真是幫了我等大忙了！」對於木季之的要求，村長及正被怪事給困擾著的村人們，自然都是願意的。

「至於待在村子裡的這段期間，應當待在何處呢……」

領著木季之，村長來到了一棟房屋前。

「這裡原是村裡一位同伴的住所，不過眼下……唉，待在村裡的這段期間，木師父你便先住在此處吧！」深深地嘆了口氣，村長說道。

村長帶木季之來到的，是阿恆先前居住的房屋。

由於屋主突然失蹤的關係，眼下，這間屋子算是閒置著的。

「那麼我便不客氣了，多謝。」

待村長離開後，木季之在屋裡四處遊走著，像是在探察些什麼。

不多時，便見他相當熟門熟路地，取出一個藏在隱密處的木匣。

「果然是因為這個的緣故嗎？所以昨晚，只有他們倆脫離了控制……」看著匣中的事物，他若有所思地喃喃。

正當他欲將匣中的事物取出時，他聽見門外傳來了微弱的腳步聲。

「是誰站在那兒？進來吧！」木季之說道，若無其事地將木匣闔上放在一旁。

在幾個猶豫的步伐之後，門後那人，緩緩地走進屋內。

粉色襦裙、俏麗容顏——來者是若桃。

「妳……」見到若桃，木季之不知怎麼地一改方才冷靜沉穩的神色，有些遲疑地愣了愣。

「抱歉，打擾到你了嗎？」若桃不好意思地笑笑，「木師父，我是若桃，也是住在這個村裡的居民，你剛才還沒見過我吧？」

「見過的啊……」木季之以幾不可聞的微弱嗓音低語著。看向若桃，他說道：「叫我木季之就可以了，以我的資歷，還不夠格教人稱作師父。」

「我知道了……木季之。」若桃點點頭，微笑著望向木季之。

這樣令人備感熟悉的場景，再一次的，讓木季之傻愣住了。

他表面上仍保持著平靜，沒讓人看出那些被強壓下的，心底激動的情緒。

「木季之，你真的是名術士嗎？」走近木季之，若桃如是問道。

那樣飽含著好奇的語調，和以往可謂是如是一轍——思及至此，木季之不禁勾起了一弧淺笑。

「千真萬確、如假包換。」木季之笑言道。

「那麼，你平日在處理的……便是那些有關妖異邪祟的怪奇之事？」

「大抵便是如此。」

但見若桃欲言又止的，對於接下來要說的事情，似乎猶豫了好一會。

「你剛曾說過這村子裡潛藏著非人的邪祟之物對吧？阿恆……原先住在這屋子裡的人，和他的妻子之所以會失蹤，也是因為那個邪祟之物？」良久，才聽她下定決心似的如此問道。

木季之並沒有馬上回答若桃的問題。

「大抵……也是有關的。」一會，只聽他字斟句酌地答道。

直到若桃再問出下一個問題之前，屋內延續了好一段時間的沉默。

那樣的沉默，令人感到窒息。

若桃又想起了昨夜夢裡所見到的場景。

「木季之，你可知道他們倆是否還安好嗎？」這讓她花費了好一番力氣，才將這個問題給問出口。

見到若桃那堅定地注視著自己的雙眼，木季之下意識地便別過了視線。

「在這件事情上，我們能做的干涉相當有限，能做的，或許便只有聽天由命了。」只聽他有些答非所問地說道。

「可我真的不想再一次見到有人在我面前死去了……」若桃自言自語般地喃喃，全然沒注意到自己話語中的怪異之處。

見狀，木季之沉思不語了好一會。

「每個人的生命，都會有逝去的那一天的，可逝去，並不代表著結束。」木季之頗富深意地凝視著若桃，「逝去人們魂靈所化的鬼魅，會進入輪迴，然後等著再世為人，或是其他的萬千生靈……這世間，便是如此運作的。」

木季之的一番話語，讓若桃感慨無語了許久。

「木季之，你曾見過鬼魅嗎？」看著木季之，她有些怔然地問道。

「見過。」木季之沉聲說道：「這些年來，我因為工作造訪過各式各樣的地方，因此無論是鬼魅，還是妖異、精怪……種種非人之物，都見過許多。」

聽著木季之的話，若桃不覺有些出神。

——眼前這名男子所渡過的，是一輩子都待在桃源村的自己，所無法想像的人生。

「你所說的那些鬼魅、妖異、精怪……可怕嗎？你難道都不會感到害怕？」對此，若桃感到相當好奇。

聞言，木季之不置可否地笑了笑。

「是啊……理當是會感到害怕的吧？對於那些非我族類之物。」只聽他有些感嘆地說著。

「在很久很久之前……當我還是個孩童的時候，對於那些非人之物，的確是感到相當害怕的。」木季之娓娓說道：「年幼時，我曾因為貪玩跑進山裡而迷了路。入夜後的深山裡，我無法抑止地想著，會不會有兇殘妖異把我給抓去吃了……一想到這些，便對自己的魯莽感到懊悔不已。」

「後來呢？」，若桃不禁在意起木季之提起話題的後續。

她不由得開始想像著：當木季之還是個孩子的時候，獨身一人的，待在那樣黑暗寂靜的深山裡，會是個怎樣的心情呢？

……不過，竟然會因為貪玩而獨自跑進深山裡，那樣的木季之，也真不是個令人省心的孩子。

許是看出了若桃在想些什麼，木季之不覺失笑。

「總之，後來我的家人也找到我了，算是沒出什麼事——也沒見到什麼可怕的鬼魅。」木季之說道：「在開始和我師傅學習咒術之後，才算是大開了眼界。詭異的、有趣的、溫和的、兇殘的、美麗的、駭人的……各種各樣的妖魔鬼怪，都曾見過。」

聞言，若桃不由得有些愣然地睜大了眼。

——眼前這人的親身經歷，該是怎樣的了不得啊？

「至於妳剛剛所問的，那些妖異鬼魅可不可怕的問題嗎，這些年來，我所見過最可怕的大概是……」木季之故意賣關子似的停頓了好一會。

「是什麼啊？」若桃亦不覺屏氣凝神。

「是人心。」望向若桃，木季之定定說道：「這世間最可怕的邪祟之物，是人心。」

「人心？」若桃略感不解地歪著頸項，「這可真是個奇怪的答案。」

「因為木季之，你不也是人嗎？所謂的人心，是你也有的吧？這意思不就是說……你也很可怕？」帶了點打趣意味地，她問道。

「可怕啊，怎麼不可怕呢？」木季之若有所思地低喃著：「為了達到自己的目的，就連對自己而言，曾經是最重要的事物，都能夠捨棄掉了，這樣的決絕，難道不應該令人感到害怕嗎？」

若桃並不清楚木季之的語中所指。

但她看出了包含在其話語中的無可奈何，及無盡悲涼。

「你曾經捨棄了什麼嗎？對你而言最重要的事物。」她不自覺地便出聲問道。

木季之深深地凝望著若桃，沉默了好一會。

「時候也不早了，妳該回去了，若桃。」話鋒一轉，他說道。

若桃不由得愣了愣。

「現在這個時候，若妳還單獨和我待在這，可就算是幽會了。」見狀，木季之不禁有些輕佻地笑了笑。

幽會？什麼意思……

雖然有些摸不著頭緒，但若桃依然是起身告辭了。

望著其離去的身影，木季之欲言又止。

「若桃！」

眼見那人就要消失於自己的視線，木季之還是禁不住地出聲叫住了她。

「雖然我現在仍無法將所有的事實告訴妳，不過妳願意相信我嗎？我來到這裡，是真的想要幫助這個村子的……我會守護好這裡的一切的。」十足鄭重其事地，他說道。

然後，一切都如同以往一般。

——如同以往一般，對於陌生的自己，少女仍舊是綻開了溫柔的笑顏。

「我知道了。」回過頭，若桃笑道：「那麼，我就不打擾你了啊，你還要那個……幽會的是吧？」

所以說，一個人是無法幽會的。

若非時機實在是不太恰當，木季之真想好好地跟若桃解釋，所謂幽會，究竟是怎麼一回事。

第七章　夢魘現世

當晚，沒有可以陪同幽會的對象的木季之，仍舊是做了些需要偷偷摸摸的事。

他潛入了某戶人家——準確來說是某戶人家院子裡的一棵樹下，幹起了偷雞摸狗的勾當……

「我記得之前曾經說過……差不多是埋在這個位置的吧？」跪坐在泥地上，木季之努力地扒挖著眼前的一塊地。

身為一名擅長符籙咒術的術士，木季之很少做過比提筆畫符還要重的體力活，也因為如此，眼下的這個工作，可真是有些難為他了。

「（不過，也不知道究竟還在不在呢。）」畢竟，也不知道是多久以前的事了……

隨著體力的逐漸消耗，木季之的想法也越顯悲觀。

在他幾乎就要放棄的時候，總算是在土裡碰到了某樣堅硬的物什——

「（啊！有了。）」

他連忙將手邊的土掘得更開些，很快的，一個頂部封泥的陶甕便半露出於土堆中。

木季之將陶甕挖出，並且把甕頂的封泥敲開。

「真沒想到竟然還真能讓我找著……這味道，可真是不得了啊！」甕口飄出的濃郁氣息，令他不

由得由衷感嘆。

「（或許，這便是那時候所留下的，最後一樣物什了吧！）」

努力甩去心頭那些惆悵的思緒，木季之抱起陶甕，準備往下一個地點走去。

而就在他要離開之前，位於不遠處的房屋內，突然傳出了一陣怪異的聲響。

那聲響聽來是沉重、遲緩的，像是某種重物曳地……

木季之當下便決定走近一看。

房屋的門是沒鎖上的，於是他伸手便推開了門。

……昏暗之中，他和一名渾身是血的男人對上了眼。

男人斷了條腿，無法行走，方才的怪異聲響，便是其趴在地面吃力拖行的聲音。

「聽得到我說話嗎？」對著地面上拖行的那名斷腿男人，木季之試探性地問道。

然而，男人像是完全沒察覺到木季之的存在似的，仍是逕自在地面上緩慢地拖行，並且不時發出痛苦的咕噥聲。

見狀，木季之從懷中抽出一張事先備好的咒符。

他蹲下身，將咒符拍在了男人的背上。

「很抱歉，我無法將你這場惡夢停止，我所能做的，只有盡量讓你忘卻疼痛的感覺而已。」

（「在這件事情上，我們能做的干涉相當有限，能做的，或許便只有聽天由命了。」）

他想起了自己不久前才對若桃說過的話。

「聽天由命嗎？如果可以的話，真不想只能淨說些好聽話啊……」木季之有些自嘲地低語著。

不想僅僅只是順應於天命而已。

為此，他還有其他需要做的事。

小心地抱起方才好不容易才挖出來的陶甕，他離開了屋內。

木季之來到的下一個地方，是離方才那處院落並不遠的另一棟房屋。

這回，他同樣是沒經過詢問，便逕自推開了門……

昏暗中，這棟房屋的主人，正背對著門口，靜靜地坐在一張桌子前。

「三更半夜的，還來此叨擾，真是對不住了。」木季之對著那人影說道：「我可是特意帶來了您叨念了許久的好東西呢！」

聞言，背對著的那身影，仍是一動也不動的，毫無反應。

對此，木季之倒是絲毫不以為意。

他踏進屋內，逕自往靜坐的人影走去……

「這可是二十年……我也不知道是幾年的陳釀，您不是老惦記著，說想要再嚐嚐的嗎？」

提著酒甕，木季之站在了人影身旁。

許是自甕口飄散而出的酒香實在是太過誘人了，但見那人緩緩地轉過了身子……

「這是……這可該如何是好？」眼前的景象，讓木季之不禁呆愣了半晌。

「不曉得這個樣子還能不能喝啊……」

看著眼前那名胸腹被開了道大口、肚腸流了一地的男人，木季之不由得感到有些苦惱。

詭譎的一夜過後，明亮的晨光透出天際，新的一日到來了。

做為對近日來發生在村內的怪異事件的調查，木季之從一早開始，便走訪各戶人家進行訪查。

「昨夜，同樣也是作了惡夢嗎？」他先是來到了李家。

昨天夜裡，他也曾到訪過此處，還在院子裡挖走了一罈酒。

「是的，同樣是作了個……怪異的夢。」思及夢境的內容，李大叔的面色顯得有些蒼白。望向木季之，他有些焦急地詢問道：「木師父，你有沒有什麼辦法呢？我可真不想再夢到同樣的事情了！」

木季之沉思不語。

「李大叔，您覺得在這裡的生活，愉快嗎？」良久，只聽他答非所問地說道。

「為什麼突然這麼問……在村裡的生活，自然是極好的。」李大叔有些呆愣地回答。

「既然如此，就絕對不要忘記。」木季之慎重地說道：「無論見到怎樣糟糕的景象，請務必要想起：那些先前所渡過的年歲——有關這村子的最美好模樣。」

「如此一來……夢魘的情況就會有所好轉嗎？」

對此，木季之並沒有給予保證。

「如此一來，無論是在怎樣殘酷的惡夢裡，都不至於迷失了方向。」他說，並且自懷中取出了某樣物什。

那是一枚摺成蝴蝶形狀的咒符，樣式小巧而精緻，彷彿下一刻就會翩然起舞。

「帶上它吧！或許有一天會派上用場的。」

繼李家之後，木季之來到了張家。

如同昨晚一般，一進門，他便見到屋子的主人靜靜地坐在桌前。

「張大叔？」木季之試探性地叫喚道，並且緩緩朝他走去。

「我現在……應該不是在作夢吧？」只聽桌前那人低聲喃喃著。

回過身，張大叔的面色顯得極為驚恐。他伸手摸了摸自己的腹部，彷彿是想要確認些什麼。

「吶，你知道嗎？我現在究竟是在哪裡……」像是抓住了根救命的稻草，一見到木季之，張大叔便一個逕地問道。

木季之感到有些訝異。

表面上，他卻還是不動聲色。

「為什麼您會這麼問呢？您現在，自然是在自個兒的家中。」他走至張大叔的身旁站定。

聞言，張大叔只是不斷地搖了搖頭，模樣看起來相當失魂落魄，「不可能、不可能的……」

他轉過身，突然緊抓住了木季之衣袖。

「你說的事情，是絕對不可能的，因為在我的印象中，這個村子早就應該不在了啊！」張大叔幾乎是有些嘶啞地喊道，瞪大著雙眼的面容，顯得相當猙獰。

木季之不著聲色地將張大叔的手給挪開。

「您所說的，又是什麼時候的事了呢？」

「我、我也不記得是什麼時候的事了……只記得火、一場大火，把許多東西都給燒了，就連我也應該已經……」張大叔不斷地哆嗦著，言語開始顯得語無倫次。

悄悄將備好的咒符拿在手上，木季之往後退了幾步……

「若是事情真如您所說的那樣，那麼您又待如何？」望著模樣幾乎陷入崩潰的男子，他平靜地問道。

「如果真是如此的話……」張大叔低垂著面容，身子不斷劇烈顫抖著。

木季之見到他的衣服出現了一塊血汙，並且還在不斷地蔓延、擴大……

「那麼，絕對無法原諒。」抬起頭，張大叔望向木季之，渾身是血的猙獰模樣，一如木季之昨夜見到時那樣。

「殺掉……我要把你們全都給殺掉！」彷彿受了什麼詛咒一般，原先那名老實憨厚的男人，已完全化為兇惡的邪祟。

「果然，還是會演變至此嗎……」木季之無可奈何地嘆道。

他攤開手中寫滿咒文的紙卷，喃喃唸起了咒語。

「原諒我吧！只能出此下下之策。」

術士的話語，賦予了文字力量——在木季之唸過咒語後，俄頃，紙卷上的咒文便發出了耀目的光芒。

木季之將其拋往邪祟的方向。

只見發光的紙卷，如同擁有生命的活物一般，緊緊纏縛在了男人身上，明明脆弱，卻教人怎樣也掙脫不開。

就像被紙卷上頭的咒文給灼傷一樣，男人發出了嘶喊，兇惡且狠戾的，完全不似人類所有。

「很痛苦吧？痛苦到想毀掉一切，我所能做的，也只有盡可能地達成你的心願，希望你所記得的，並不只是悔恨……因為這裡，是那人最為深愛的地方。」木季之走近動彈不得的男人，「對你而言，也是如此吧？」

「趕緊回想起來吧！那些最重要的事情——在『那一日』到來之前的，所有一切。」

桃源村的這個早晨並不平靜——許多人都注意到了，從某戶人家中傳出的騷動。

「方才，木師父是進去裡邊了吧……」

眾人齊聚在張家門口，對於方才發出的異響，皆感到相當在意，卻沒人敢推開門扉一探究竟。方才傳出的那聲喊叫實在是太駭人了，狠戾的，完全不像尋常人類所有。

……反倒像是某種魔物一般。

劇烈的騷動並沒有維持太久。

不一會，屋裡便重歸於寧靜，屋外眾人緊張的思緒，也被提到了最高點……

半晌，緊閉的門扉教人給打開了。

從中走出的，是那位名為木季之的術士。

「是邪崇。」見到屋外等待的眾人，他淡淡地說了一句：「方才，張大叔教邪崇纏身了。」

「那麼，老張他現在是……」一名離屋子最近的村民不禁想要上前確認。

木季之卻逕自將門扉重重帶上。

「我姑且是用咒符將它給壓制下來了，不過，暫且還是不要靠近為好。」他對仍有些搞不清楚狀況的村民們說道：「我會負責幫忙照看的。」

聞言，眾人仍是擔憂並且議論紛紛。

「木師父，既然眼下邪崇已被壓制，那麼那些怪事，是不是便不會再發生了？」村長率先站了出來，問出眼下最為重要的一個問題。

聞言，木季之的神色卻是略顯凝重。

「就目前看來，這恐怕是沒可能的事了……」木季之沉聲道：「因為潛伏在這村裡的邪祟之物，並不單單只是一隻。」

「不單單只是一隻？這可該如何是好……」

令人絕望的結論，讓眾人再度陷入了極度的焦躁不安。

「接下來，也只能視情況隨機應變了……」木季之取出了一枚摺成蝴蝶形狀的咒符，「這枚咒符請你們務必隨身帶著，必要時，能夠派上用場的。」

他說著便給在場的村民們每人一枚咒符。

往人群裡稍微巡視了一遭，發現村裡大部分的人都聚在這了，獨獨少了某人……

「若桃呢？她沒一起過來嗎？」人群之中，獨獨少了那名嬌俏的粉衣少女。

「說起來……今日還沒有見到她呢。」對此，陶大娘如此表示。

木季之頓時就覺得事情不太好了。

他連忙往若桃所在的地方趕去。

木季之幾乎是有些著急地打開若桃住處的門。

甫一進門，便見到那倒臥在地的粉色身影。

「吶……若桃，妳醒醒啊！」即便在面對兇殘的邪祟時，仍可保持淡定自若的木季之，見到這一幕，卻不免有些慌了。

他邁步湊上前去，並且伸手推了推若桃的肩膀。

湊近一看，可以明顯看出其蒼白的面色，從手中傳來的溫度，也是有些駭人的冰涼。

「醒醒啊……沒有妳，這個桃源村會變得怎麼樣呢？而我，又該如何是好？」木季之愣愣地呢喃道，像是個無助的孩童。

像是當年在深山裡迷路的那個孩子。

……

若桃作了一個夢。

夢裡，村莊的模樣破敗衰頹，沒有從前的和平安詳、更沒有往日的恣意歡笑。

小豆子、陶大娘、文奶奶、村長伯伯……所有的人，都不在了，只留下她獨自一人，孤獨地徘徊於寂靜破落的村莊中。

好寂寞……

這樣誰也不在的桃源村，真的好寂寞。

希望能回到一切都仍舊安好的那一日，若桃的內心，如此盼望。

——無論要付出怎樣的代價，都在所不惜。

「吶，你們都到哪去了？別丟下我一個啊……」若桃環抱著自己的雙膝，蹲坐在地。

她好像想起來了：曾經，自己也是像這樣孤獨地渡過無數的年歲的，那時，這裡還沒有桃源村，什麼也沒有……

「喂，妳也是在這裡迷路了嗎？」身後，突然傳來了一句嗓音清亮的話語。

若桃回過身一看，來者，是一名年紀約莫十二、三歲的少年。

「你……見得到我嗎？」若桃下意識地便脫口而出。

「當然見得到啊！」少年理所當然地說道：「如果妳也是在這裡迷路的，那麼，不如和我一道去尋找離開這裡的出路吧！」

「迷路……你也是嗎？」若桃愣愣地問道。

「是啊！因為貪玩，所以從家裡偷偷溜出來了。」少年的臉上揚起了相當符合其年紀的，天真的笑容。

若桃也說不上為什麼，少年的存在，令她感到莫名的安心。

明明，她就連他的名字都還不知道。

「那麼就走吧！兩個人一起的話，就算迷路，或許也沒那麼可怕了。」少年說著便走上前來，牽起了若桃的手。

從掌中傳來的，少年的溫度，感覺相當溫暖，眼中所見的事物，也逐漸模糊……

……

睜開雙眼，若桃見到了一臉焦急地望著自己的年輕男子。

「……木季之？」愣了好一會，她才反應過來。

「妳可總算是醒了。」見狀，木季之不禁鬆了口氣。

「我沒事，只是睡著了而已，你不必這麼擔心。」若桃說著便想坐起身。

然而她很快就發現到不對勁的地方了——身子不知怎麼地，幾乎使不上力，就連一個簡單的起身動作也變得困難不已。

「奇怪了，怎麼會……」

木季之默默地伸手拉了她一把。

「我說妳啊，有床榻可睡，為何要睡在地上呢？而且還叫都叫不醒……真是的，從沒見過像妳這樣貪睡的人。」他帶了點打趣意味地說道——即便面上的表情完全不是語氣裡所表現出的歡快模樣。

「吶，木季之，我的狀況是不是不太對勁啊……」若桃總覺得木季之在刻意逃避些什麼。

心裡隱約地察覺到，這恐怕和自己目前的狀況有關。

「若桃，在這村裡，妳有個每天都要去的地方吧！」木季之顧左右而言他地說道：「今日，便讓我帶妳過去，好嗎？」

在比往常還要晚上許多的時間，若桃踏上了熟悉的路程。

這一次，她憑藉的不是自己的雙腳，而是趴在了某人的背上。

因為被木季之扛在背上揹著，視線的高度比往常還要增加許多，看出去的景色，似乎也因此而有些不一樣了，感覺相當奇妙。

為什麼這個人會對自己這樣好呢？他曾說過來這裡是為了調查村中邪祟之事吧……

盯著身前那人的後腦勺，若桃不經意地想道。

「怎麼了嗎？」似乎是察覺到了若桃的視線，木季之稍微回過頭問道。

若桃輕輕地搖了搖頭。

「我只是覺得，木季之你真的是個很溫柔的人呢，你之所以會來到這裡，也是為了要幫助大家吧！」若桃輕聲笑道。

聞言，木季之不禁莞爾。

「因為，我也很喜歡啊……對妳而言，最為重要的這個地方。」只聽他柔聲說道。

「這樣啊。」若桃瞭然，「那麼，木季之，你有心儀的對象嗎？」

木季之的腳步險些踉蹌。

「為什麼突然這麼問呢？」收整起情緒，他問。

若桃不覺便沉默了下。

「就是突然想到，像你這樣溫柔的人，能讓你喜歡上，必定是件很幸運的事吧！」湊近木季之，她輕聲說道。

她想起了阿恆對彩英一生相守的承諾。

那樣的約定，很美。

「有的喔。」木季之不確定若桃為何會突然那麼問，卻還是不自覺地答道：「我有一個從很久以前開始，便一直喜歡著的對象。」

「是嗎……那人是怎麼樣的啊？」若桃禁不住便被挑起了好奇心。

木季之的嘴邊勾起一弧有些無可奈何的笑意，「那個人啊，年紀比我大了許多，在感情事方面，卻相當缺心眼，我想她從未將我看作那樣能夠寄託特殊感情的對象。」

「大得多……」若桃試著就木季之目前的模樣進行猜想，「是像陶大娘那樣年紀的嗎？」

「嗯……或許還要再更大一些吧！」

「……更大一些？」若桃感到相當震驚。

她的心底不禁湧現起某個有些聳動的想法……

「是像文奶奶那樣的嗎？」

這回，木季之是差點就站不穩了。

「若桃……妳這話是認真的？」若非如此，還真是挺讓人心情複雜的。

「要不你就直接跟我說說你喜歡的人是誰嘛！」若桃有些不依不撓地央求著。

「不想說。」木季之努力掩下話語中若有似無的笑意，「等哪天我心情好的時候，再和妳講吧！」

既然都說到這個份上了，若桃也沒辦法了。

她將這件事記在了心上，想著日後若有機會，還得要試著問問才行。

「吶，到了，妳每日都會來到這裡的吧！」木季之說著便停下了腳步。

若桃循聲抬頭望去，見到自己已經來到位於村莊盡頭的那棵巨大桃樹下。

自從阿恆和彩英失蹤的那一日起，村裡的桃花便全數凋零了，不知為何地，只有這株例外。

依舊是花開燦爛著，如同永不褪去的春日。

「我的確是會來到這裡，不過你又是為什麼會知道……」印象中，自己應該沒和他說過這樣的事才對。

木季之走到樹身旁，將若桃輕輕放下。

「別忘了我好歹也是名術士啊！會有些出人意表的表現，也是理所當然的。」回過頭，他對若桃笑道。

「這麼說起來，或許也是呢。」背靠在樹身上，若桃喃喃，算是接受了木季之那個玄乎的解釋。

完成護送任務以後，木季之逕自走到了不遠處的水泉邊坐下，似乎並沒有打算馬上離開。

望著眼前那頎長的身影，若桃的心中，突然湧起了一股奇妙的感觸……

「木季之，其實在你剛剛進我屋子來之前，我作了一個夢，夢裡，我遇見了一個人，我覺得那個人和你很像。」不知怎麼地，她突然就有這樣的感覺。

明明就外表看來，一個是高大的男人、一個是稚嫩的少年……兩者是那麼的不同。

聞言，木季之的臉色，有了半晌的呆愣。

然而很快的，便見他神態自若地問道：「哦，妳夢到些什麼啦？」

「我夢到了……一名陌生的少年，不過很奇怪呢，見到他，我卻有一種熟悉的感覺，明明連他的名字都叫不出來的……」若桃沉吟著：「他說他迷路了，要和我一起尋找出村的路，要是沒有遇見他，我恐怕真的就會在那夢裡迷路，醒不過來了吧！」

聽到若桃所言，木季之有些驚訝地睜大了眼。

他起身走到了若桃身前，「……可以把妳的右手伸出來給我看看嗎？」

雖然感到有些疑惑，但若桃還是朝眼前之人遞出了手。

木季之抓起若桃的手——雖然並不明顯，但白皙的掌心中，依稀可見到某個淺淡的墨色圖紋。

這是他之前留下的忘卻咒，眼下似乎正在逐漸失去效用……

果然，該來的，終究還是會到來嗎？他先前所做的，只是將那個必然的的結局稍微延遲了一會而已。

「有什麼問題嗎？」見木季之盯著自己的手心久久不語，若桃不禁問道。

「其實我還會看手相呢！所以，忍不住就看得久了些。」放下若桃的手，木季之輕笑道。

「那麼你見到了什麼呢？」

「我見到了妳的未來。」像是要說服自己一般，木季之的語氣篤定：「未來的妳，必定會像從前那樣，一直、一直好好地過下去。」

「謝謝你……木季之。」

若桃不知道木季之是真的見到了那樣的景象，亦或者只是出於好意的安慰。無論如何，這都帶給了她些許力量。

「……咦？」

若桃試著撐地站起身。

「木季之，我好像能夠站得起來了……走路應該也沒什麼問題。」她訝異地看向木季之，「你是施了什麼咒術嗎？」

「那樣的咒術，我可不會。我想是因為來到這裡，讓妳的心情放鬆好轉的緣故吧！」木季之輕描淡寫地說道。

「真是這樣子的嗎……」

「所以，我不是已經說過了嗎？」木季之定定地注視著若桃，「妳一定會一直好好的。」

木季之說了謊。

他清楚若桃的身體狀況之所以會突然好轉，是怎麼一回事，也明白這個村子接下來的情況，只會更糟。

「（方才若桃昏迷著的時候，大家卻都還醒著，代表現在的情況，已經不是那麼容易能控制住了。）」

——那場被掩藏多年的惡夢，將會侵蝕現世，直到一個無法挽回的地步。

而他所能做的，卻只有等待。

等待惡夢逐漸侵吞一切，成為現實。

第八章　亡者之村

（「你是為了什麼原因，而想要成為一名術士的呢？」）

夜深人靜，木季之獨自一人站在離村中廣場不遠處的那道緩坡上，觀察著入夜後的村莊。

不知怎麼地，他突然想起了剛拜師學藝時，師傅和自己說過的一番話……

「學習咒術，可不是件簡單的事，會選擇這條路，總是有個原因的。是為了替天行道、為了提升自身的修為……總不會是因為閒得發慌吧？」見到木季之一襲鮮麗的衣著，活脫脫一副富家公子哥的模樣，老術士認為原因或許傾向於後者。

「我並沒有為民除天下之惡的那種偉大情操，對提升修為什麼的，也沒太大興趣，事實上，就連『術士』，也不是我真正想當的……」面對老術士的詢問，木季之老實說道：「不過，我有件想做的事情，而那件事情，似乎是非得要學習咒術，才能夠辦得到的。」

我有個想去的地方、有位想見的人——當時，他是這麼對老術士說的。

「（為了……來到這裡。）」

抬起雙眼，映入眼簾的是，入夜後空無一人的寂靜村莊。

木季之知道這只是暫時的表象，很快的，眼前的景象便會完全變了調。

——變成它原本應有的模樣。

時光流逝，距木季之跟在老術士身邊學藝，已經有一段時間了。

這一日，老術士正打算給木季之講解，艱澀複雜的殺戮之咒。

「你說你不想學殺戮之咒？」聽到木季之的回答，老術士顯得有些訝異，「為師記得你應該是個好學的孩子啊……雖然這咒文畫起來是挺複雜的，不過以你的資質，應當是不會太困難才是。」

木季之沉默了一會。

「即便對方是非我族類的妖異鬼魅，如果可以的話，我還是不想要做到這無可挽回的一步……具有實形的妖異精怪，中術後尚能有殘魂，但身中此術的魂體，便真的就什麼都不剩了吧？」他說，一想到那樣的情景，他便心情沉重。

聞言，老術士頗為無奈地嘆了口氣。

「和剛見到你的那一日比起來，可真是一點都沒變呢，四郎。」望向木季之，他說道：「為師曾經和你說過吧？在你之前，為師曾經收過一個徒弟，你的資質雖好，但和他比起來，就是少了些上進心，而他所缺少的，大概就是你的這份天真吧？」

「你有這分心思固然是好，但倘若一直抱持著這樣的想法，總有一天，你必定會因此而感到痛苦不已……」

冤靈棲宿之地，必定是凶險醜陋的，無論以多麼美麗的假像覆蓋，即便是你所思念的那個地方，也是如此——當時，老術士便是這麼對木季之諄諄告誡著。

「（我知道的啊……師傅，早在來到這裡之前，我就已經有了心理準備了。）」

「不過，無論事先作了多少準備，果然，事到臨頭時，還是會很不想面對啊……」

木季之往眼前的村莊望去，只見方才還沉睡在黑夜裡的寂靜村莊，此時已全然甦醒。

井然有序的房舍轉眼間便傾頹為廢墟，連同周邊的莊稼，染上了熊熊的火光，村莊的道路中，血跡片片，就連溪中所流淌的，也是腥紅之血。

這是住在這裡的村民們，惡夢情境的具像化，也是屬於這個桃源村的，曾經存在過的真實。

曾幾何時，這個地方早已不存在仙境。

——待那桃華爛漫的表像散去，餘下的，便是這樣一幅煉獄一般的醜惡場景。

「（這樣的景象，無論如何也不想讓妳見到啊……若桃。）」此刻，木季之相當慶幸自己早已在若桃的屋外下了道隔絕的封印。

「（如此一來，接下來發生的事情，妳也不會知道了……）」

深吸了口氣，木季之邁步朝村莊中央的方向走去。

在那裡等著他的，是成群脫離控制的凶化鬼魅。

「（當年，還是跟師傅學了殺戮之咒了。）」

「……只希望不要真的派上用場才好。」

「四郎，你跟在為師身邊學藝，也有好一段時間了吧！你能分清楚世人所謂的妖、魔、鬼、怪分別所指嗎？」像是聊天一般地，某日，老術士突然問起了身旁的木季之。

身為一名認真好學的好徒弟，這自然是難不倒木季之的。

「妖異為誕於陽世之異界之物；鬼魅為滯留於陽間之無主魂靈；狐、竹……等世間萬物，經修煉後皆得成為精怪；而妖、鬼、怪，只要意念偏差、一心為惡，皆可能會化為魔物……也就是邪祟之物。」只聽他一一答道。

「那麼你可知，妖、鬼、怪……何者所化之邪祟，最是兇險嗎？」老術士又問道。

「我想應該是妖吧！畢竟三者之中，妖異與生俱來的力量最是強大。」

「你所說的，只是一般的情況，可依為師多年的經驗，結果卻並非如此。」老術士有些高深莫測地笑笑，「依為師看來，三者之中，最為兇險者應為鬼魅所化邪祟。」

對於這個答案，木季之顯得相當意外，「可鬼魅明明是其中最脆弱的……它甚至不像妖異與精怪皆有實際形體。」

「其實，若就最基本的方向思考，得出這個答案，便一點都不意外了。」老術士笑道：「四郎，你知道鬼魅是為何會化為『鬼魅』嗎？」

「鬼魅是為何會……化為『鬼魅』？」

老術士點點頭，「答案你剛剛也說了——因為徘徊在陽間未走。」

只有心中餘有執念的魂靈，才會化為鬼魅遺留人間，而「執念」，正是決定魔物力量強弱的至要關鍵。

因此，鬼魅所化之邪祟，是最為兇險。

眼下木季之所遭遇的，便是這樣一個險上加險的境況。

活下去、活下去、想要活下去——那些含冤而死的魂靈，像是在如此執著地吶喊著。

「（真要命，這樣下去可不是開玩笑的……）」木季之險險地避過一對猛地朝自己撲來的利爪，並且順手丟了個纏縛之咒。

就目前的情況而言，強力的纏縛之咒仍是有效的，但由於自身消耗的氣力亦會相當龐大，所以並不是個持久之計。

就在這個時候，又有一隻鬼魅朝木季之的背後襲來……

「嘖，這樣下去有幾張咒符都不夠用。」木季之又拋出一張符紙——專用以擊破魂體的「驅散」。

在這個不屬於現世的異界空間，只要主魂沒有被打散，即便魂體中了「驅散」，都是能夠再重聚起來的。

但是，由於木季之的力量也不是半吊子的，所以那並不是一時半會能夠完成的事，足夠讓一隻兇殘的靈安份好一會了。

但見身後的那隻鬼魅在中了「驅散」後，魂體當場自較為脆弱的頸部裂為兩個部分。失去了頭部的鬼魅，就那麼呆愣在原地。

「呼……這下子總算可以稍微喘口氣了。」木季之靜下心觀察了下周遭的情況，發現方才兇悍發狂的鬼魅們，此時皆紛紛安份了下來。

炎天血地的詭異景象正在逐漸消失，這說明他們的影響力減弱了。

「（是因為守護這個村莊的力量稍微恢復了些嗎？還是……）」

像是突然間就遺忘了令它們發狂的理由，鬼魅們紛紛往來時的地方散去，看起來似乎還隱隱有些躁動不安。

木季之先前所施展的纏縛之咒，是針對懷有殺意的鬼魅，而現在，那些咒語皆已失效，說明殺戮已非它們眼下的目標。

這個大凶之夜似乎就暫時這麼平安無事地渡過了，只除了……

「你怎麼還待在這？」木季之往身後看去，一隻無頭的鬼魅，還在那兒呆站著。

「你的頭飛哪裡去了呢……」木季之往四周張望，皆沒看到方才被咒術分離出去的，頭部的魂體，許是方才施咒的時候沒拿捏好力道，一不小心就下手過重了。

「……可不能讓你就這麼待著，我去找找。」

木季之手持一顆明珠，往方才施咒的方向一路尋找著。

手中的明珠為鎖魂珠，能夠探尋到魂體的反應，也能夠用以拘鎖魂魄，是老術士留給他的好法寶。

「有了、有了，約莫就在這附近了。」在行經一處草堆時，手中的鎖魂珠，突然透出幽綠的光芒。

木季之撥開草堆一看，果真在其中發現了一顆頭顱。

猝不及防地就跟那張猙獰的面容四目相望了。

「抱歉了，我這就帶您回去。」木季之輕聲說道：「村長伯伯。」

聽到木季之的話，頭顱的表情似乎變得溫和了一些。

取而代之的，是疑惑。

「您還記得嗎？如今這村裡，只有若桃和小豆子會這麼叫您吧？啊，現在可以再算上我一個。」

木季之將草堆中的頭顱捧起，往來時路走去。

被木季之捧在手中，頭顱不斷地轉動著那雙圓睜著的混濁眼眸，似乎是感到有些混亂。

一會，只見他動了動乾裂的嘴……

「若……桃……」令人備感熟悉的音節，自頭顱的口中傾吐而出。

聞言，木季之的臉上有了一瞬的訝異。

「看來，您仍然還記得她啊……那可真是太好了。」他不由得由衷感嘆道。

完全化為魔物的鬼魅，幾乎不會記得除卻冤仇以外的事。

所以現在的情況雖糟，卻還不至於令人絕望。

……

回到無頭鬼魅所在的地方，木季之將手中的頭顱安放在其上。

俄頃，頭顱和身體便合為一體，回復至完好如初的樣貌，與此同時，鬼魅的面容，也沒有了方才發狂時的猙獰模樣。

出現在眼前的，似乎又是往常那個慈祥和藹的老人。如同方才那些四散的鬼魅們，恢復了平常模樣的村長，也像是無意識一般，愣愣地往某個方向離去。

那是在他的記憶之中，「家」所在的方向。

鬼魅屬陰間之物，接下來，待到白日，它們的力量應該就會減弱，今晚的危機，算是可以挨過去了。

但木季之總覺得有些地方不太對勁。

「方才村人們離去時的模樣，似乎有些奇怪，像是在害怕些什麼似的……」

他突然就有種不詳的預感。

說時遲那時快，自村子的最前方，傳來了一陣低沉的咆哮。

那充滿壓迫感的嗓音，不屬人類也不屬鬼魅，而是截然不同的另一種……

「是凶獸，原先守護著這個桃源村的力量，已經變得有些薄弱了，所以才會有自外界而來的妖異。」

他總算是明白，本應失控發狂的鬼魅們，為何會突然安份下來，甚至感覺有些躁動不安了。

正所謂「一物剋一物」，發狂的鬼魅們，想必是本能地察覺到了那個對自身而言相當危險的存在……

沒錯，起因便是那隻突然闖入村莊的妖異。

「是食魂獸……專以人魂為食的凶獸。」

食魂獸是種相當罕見、棲息於陰陽兩界邊界處的妖異，一般來說，是不會無緣無故出現的……是因為察覺到了村子裡的不尋常氣息嗎？

無論如何，眼下的情況，也無暇讓木季之多想了。

與不久前所做的事情相反，眼下，他必須要想辦法驅離那隻食魂獸，以守護徘徊在村子裡的那些鬼魅們。

——那些早在多年前便已喪生此地的村民們。

自從有過那次不愉快的經驗後，小豆子便相當不喜歡在夜裡入睡。

那一夜，他作了一個惡夢。

夢裡，一群陌生人在深夜裡來到了村莊，所及之處，都傳來了慘叫，並染上了熊熊火光。

陌生人也來到自己這了。

小豆子夢到自己被一個拿著刀的陌生男人給追趕，直到逃無可逃的地步。

（「全部都殺了，一個都不能留，即便是小孩子也一樣。」）依稀之間，他聽見有人這麼說著。

黑暗中，男人高舉的大刀發出了冰冷的光芒，與周遭的火光，形成了強烈的對比。

誰也救不了自己。

誰也來不及，拯救自己。

他只能眼睜睜地看著那把閃著寒光的利刃，直直地朝自己劈來……

所以，他不想要入睡。

一旦入睡，那些恐怖的景象，便會清楚地呈現在眼前，而且直到白日到來之前，都無法清醒。

不過，今日的情況有些不一樣。

今日清醒時，時間仍是黑夜。

安靜的屋子裡，母親靜靜地坐在內室的角落，模樣看起來有些古怪。

「娘……」小豆子試著走向前去叫喚幾聲，陶大娘卻仍是呆愣著，沒有回應。

這實在是有些不對勁。

而就在此時，他聽到屋外傳來了阿黃的吠叫。

小豆子從沒聽過阿黃這樣的吠叫……那樣急躁而慌亂的，彷彿是遭遇了什麼駭人的事物。

他沒有多想地便出外察看。

門外，是小豆子從沒見過的，深夜裡寂靜無人的村莊。

在一片寂靜無聲中，阿黃的叫聲，便顯得格外突兀。

但見阿黃正對著村子遠方的一處山林，怒目而視，並且不停發出威嚇般地吠叫聲。

……那片山林之中有些什麼嗎？小豆子下意識地想要一探究竟。

注意到小豆子就這麼逕直朝屋外走了出來，阿黃停止了吠叫，並且朝他奔了過去。

牠叼著小主人的衣角，猛地朝反方向拽，似乎是想叫他趕緊回去。

「你怎麼啦？阿黃，好奇怪……你跟娘都好奇怪。」見狀，小豆子不由得感到相當不解。他往方才山林的方向望去，黑暗之中，實在是看不清其中有些什麼……

不，確實是有的。

隱約之中，他見到了兩對像是動物的眼眸一般，鮮紅色的光芒。

但見它們正逐漸地，朝這裡靠近……

「那是……什麼？」小豆子當下就愣住了。

他從未見過這樣的東西，尚未覺察到自身已是魂體的他，也無法意識到那光芒所代表的危險。

但是阿黃似乎是知道的。

但見牠著急的奔到了小豆子的前方，像是想要保護主人的安全。

潛伏在山林中的巨獸，教人難以分辨牠的大小。

直到其自隱蔽的山林中走了出來……

小豆子總算是看清了，出現在眼前的，是怎樣可怕的一個存在。

眼前這頭巨獸狀似虎，蹲踞之時，足足有兩個成年男子的高度，毛色烏黑，幾乎完全融於夜色，與其毛色相較，眼眸的顏色則相當醒目。

小豆子方才所看到的紅光，便是巨獸的眼眸。巨獸的巨大頭顱上，生了四顆鮮紅似血的眼眸，配上牠那突出於大口的鋒利獠牙，模樣看起來相當駭人。

即便小豆子對自身的狀況再怎麼沒有覺察，也知道眼前的巨獸，絕非什麼善類了。

他下意識地想要逃，卻被嚇得動彈不得。

身前的阿黃奮不顧身地朝巨獸撲了上去，與此同時，巨獸也抬起了爪，發出了一陣低沉的咆哮……

木季之趕到現場時，見到了就是這麼一幅場景。

巨大的食魂獸，張開了牠的血盆大口，朝眼前的嬌小身影猛地撲了過去……

「小豆子！」

木季之趕緊掏出一張咒符。脫出手的咒符，倏地化為一道利劍，朝食魂獸的方向疾飛而去。

幾乎是在同一時間——食魂獸的大口咬住了小豆子的魂體，化作利劍的咒符，也不偏不移地刺中鮮紅色的眼眸。

腥紅色的液體，自破裂的眼眸噴濺……被食魂獸咬住的小豆子不會濺血，身為鬼魅的他，早已沒有溫熱的血肉，等待著他的，只有魂飛魄散。

四眼之一被廢，食魂獸發出了痛苦的低吼，並且往山林深處逃竄，但小豆子大部分的魂體，早已被其扯碎咽下。

如同中了殺戮之咒的鬼魅一般，這下，可就什麼都不剩了。

「可惡……」

木季之感到懊悔不已。

如果他能早一點發現村裡的異樣的話，如果方才他能早一點趕到……

「對不起……」木季之緊緊攥著拳，一直到指甲深深地陷入肉裡，還沒有自覺。

明明已經答應若桃的——要為她守護這裡的一切。

「到頭來，我卻還是什麼都辦不到。」

因為個性使然，一直以來，在人前的木季之總是相當堅強……亦或者是故作堅強。

但現在的他，即便是假裝也做不到了——沉重的無力感，幾乎要將他給壓垮。

想要不透過殺戮的方式，壓制徘徊在此處的兇惡魂靈，希望它們，全都能夠得到救贖……透過自己的幫助。

或許正如老術士從前所說：這樣的自己，實在是太天真了。

（「總有一天，你必定會因此而感到痛苦不已……」）

「……師傅，您說得沒錯。」

確實是，痛苦不已。

正當木季之仍深陷在濃濃的愧疚中無法自拔時，不遠之處，傳來了某種獸類痛苦的微弱低吟。

是阿黃。

由於食魂獸只對人魂感興趣，身為動物靈的牠，並沒有被吞噬，但為了保護小豆子，牠業已被食魂獸所傷，變得虛弱不已。

木季之看得出，牠的魂體就快要潰散了。

「你做得很好，很勇敢。直到最後一刻，你都在保護著你的主人吧？若不是你，只怕我也難以察覺到食魂獸的潛入……」木季之蹲下身，輕輕地摸了摸牠的頭。

阿黃蹭了蹭木季之的手掌，喉間滾動著悲傷的嗚咽。

半晌，只見牠張開嘴，吐出了一個散發著微弱青光的光團。

「這不是……」木季之趕緊取出一直帶在身上的鎖魂珠。

青色的光團一靠近鎖魂珠，便被拘鎖於其中，透明的鎖魂珠，也因此而蘊著淡淡的青色光芒。

還有希望。

雖然微乎其微，但珠子的確是蘊含著光芒，代表其中是有魂靈存在的。

「謝謝你……真的是辛苦你了。」木季之不捨地看著在吐出光團後，魂體便逐漸變得透明的阿黃。

自來到這個村子以來，木季之從沒見過阿黃崩潰發狂的模樣，即便是在魂體將要崩潰的現在——自始自終，牠都保持著生前的溫馴。

「打從一開始，你就沒有忘記過吧——有關『那一日』到來之前，發生在這裡的一切。」

而在眾人皆在美麗假像下平和渡日時，只有牠是知道的。

——知道這個村莊早已不在的事實。

「這樣的你，本該可以離開村子，早日進入輪迴的，為什麼呢？為什麼要逗留在這裡……」飽含著傷悲的提問，並不指望得到任何的回答。

因為問題的答案，木季之其實是早就知道的。

——唯有執念，才會讓失去肉身的魂靈化為鬼魅，逗留陽間。

若說停留在這裡的人魂們，最大的執念是「活下去」，那麼這隻溫馴的動物靈呢？

「留住你的最大執念，便是『守護』吧！你的確是做到了喔，這一次，你確實地守住了他。」木季之將鎖魂珠湊近了阿黃。

許是要記住深愛之人的味道，阿黃使盡了最後的氣力，在珠子上嗅了嗅。

然後，便見到黃狗的身軀逐漸透明消逝……在有形的魂體完全消逝後，出現的是一個色澤柔和的淡黃色光團。

這才是這頭溫馴大黃狗的真實模樣——一隻沒有形體的魂靈。

「吶，趕緊離開這個村子，投胎去吧！我會保護好你的小主人的。」望著那依依不捨地逗留在鎖魂珠旁的淡黃色魂靈，木季之說道：「你所珍視的人們，我也會想辦法讓他們找到出村的路的……或許哪一天，你們會在哪裡再見吧！」

或許是聽懂了木季之的話，淡黃色的魂靈沒有再逗留，而是往某片看似無邊無際的山林飄去。

自此以後，桃源村的清早，再也不會聽到黃狗的吠叫了。

第九章　桃源之夢

一夜過去，力量消滅的鬼魅們，再次遺忘了發狂時所發生的一切。

——對他們而言，那就像是一場極為真實的「惡夢」。

然而，伴隨著短暫的清醒，緊接著而來的，卻是更為真實的夢魘。

就在昨晚，村子裡又有一個人消失不見了。

「小豆子……我的孩兒啊！你到底去哪了呢……」屋裡，失去愛子的陶大娘低著頭，哭得泣不成聲。

「對不起……」對此，木季之實在說不出除卻道歉以外的話語。

眼見又有人憑空失蹤，眾人對木季之這名術士的能力，也開始產生質疑。

「我說，再這麼下去，到底行不行啊……」屋裡，開始有人因此而竊竊私語著。

村長見眾人開始嘈雜，趕緊要他們先離開到屋外去。

畢竟，再這麼討論下去，也是於事無補，只會讓陶大娘的情緒變得更糟罷了。

「抱歉啊，木師父。」村長向木季之點頭示意後，便隨著前來關心的村民們走出屋外。

眼下，屋裡便只剩下木季之和陶大娘二人。

木季之下意識地便在緊閉的房門上下了道隔絕的封印。

接下來的情況，將會有些失控——他有這樣的預感。

「陶大娘，您別再傷心了，事情總會有辦法的。」木季之緩緩地朝陶大娘走近，手裡緊攢著寫著咒文的紙卷。

「有辦法……有什麼辦法？我的孩兒可是已經不見了啊！」抬起頭，陶大娘有些怨恨地看向木季之，紅腫的眼角開始溢流出不屬於淚水的鮮紅色液體。

這是發狂前的徵兆——目前守護桃源村的力量極不穩定，稍有變故，都可能會讓這裡的鬼魅們失控。

木季之知道，眼下的這個情況，是絕無可能再控制住了。

——對陶大娘而言，小豆子的存在便是最大的執念。

「孩子啊……我唯一的、最重要的孩子……對不起，娘救不了你，沒能阻止那個男人，對不起、真的對不起……」陶大娘捂著臉，無助地哽咽著，不斷溢流而出的血淚，將她的衣裳染得滿是通紅。

「是誰呢？是誰那樣殘忍地對待我重要的孩子……」只聽她自言自語般地喃喃說道。半晌，只見她放下了捂臉的雙手……

「是你嗎？可惡的村外之人！」陶大娘惡狠狠地瞪視著木季之，雙眼突出的猙獰面容，已完全不復以往的溫婉模樣。

現在的她，已為仇恨所支配，成為心中僅餘殺戮的惡鬼。

見狀，木季之幾不可聞地輕輕嘆了口氣。

他迅速地攤開手中的咒符紙卷——這回的情況，或許並不是一個纏縛之咒就能夠鎮壓下來的。

若桃覺得意識有些昏沉。

抬起頭，她見到了頭頂盛開的成片桃花。

今早，也是木季之將她揹來這的，若不是他，自己恐怕連床也下不了。

……比起昨日，情況非但沒有好轉，反倒是惡化了。

「我到底是怎麼了呢……」若桃有些吃力地抬起了右手。方才注意到的：右掌之中，有著一枚淺淡的墨色圖樣。

說來也奇怪，她完全不記得那是什麼時候畫上的——不過與此相對的，先前那些模糊的夢中影像，是越來越清晰了。

她又夢到了那名少年，這一次，她還知道了他的名字。

「小四……」脫口而出的瞬間，有種異常熟悉的感覺。

她幾乎可以完全肯定：夢中的少年是確實存在的，並且，她還曾經見過他。

「不過又是在什麼時候、在哪裡……」她試著讓自己不斷地思考。

她感到有些擔心——下一次再睡過去，就不知道何時才會醒來了。

意識朦朧間，她聽到了一陣腳步聲，緩緩地朝自己這裡走近。

為此，她勉力地睜開了眼……

「木季之？」來者正是木季之，那名給人感覺捉摸不定的術士。

「不是才剛睡過嗎？怎麼又想要睡，妳這個貪睡蟲。」走到若桃的身邊坐下，木季之說道。

「我才沒有要睡呢！」若桃連忙辯駁。她看著木季之的側顏，試著探尋出他的情緒……

「去過陶大娘那裡了嗎？」若桃問道。小豆子失蹤的事情，是木季之一早去找她時便和她說的。

「嗯。」木季之的面色凝重，「……對不起。」

「這不是你的錯。」若桃輕輕搖了搖頭，「村子裡的大家……明明誰也沒有做錯，為什麼會發生這種事情呢？」

有那麼一瞬間，木季之真想將所有的事都對若桃和盤托出。

有關這個村子的事、村裡人們的事、她的事、自己的事……還有，他們倆之間的事。

但是，那也就意味著，對某個溫柔謊言的明確否定。

他不忍心那麼做。

就算真相終會有到來的一刻，他也想盡可能地瞞著若桃，哪怕，只是一會兒也好……

「吶，木季之，先前你曾經幫我看過手相的吧？你說……下一個憑空消失的，會不會是我呢？」

若桃攢起浮現墨紋的右掌，輕聲問道。

「……不要隨便說出這種話。」木季之悶聲說道：「我可沒在妳的掌中看到那樣的未來。」

若桃總覺得，木季之說的這些話，似乎帶了點賭氣的成份在裡頭。

這倒是讓他少了些先前那樣捉摸不定的感覺，多了種溫暖的真實感。

因為，從那些話中，若桃可以聽出，他是那樣在乎自己的啊……

「木季之，無論接下來我會不會像小豆子他們那樣突然消失、也不知道這個村子之後會變得怎麼樣……在那之前，能和你見面真是太好了。」若桃望向木季之，彎起了眉眼，「木季之，謝謝你能夠來到這裡。」

「嗯，我也是這麼認為的。」木季之柔聲道。

能夠來到這裡，能夠與妳相遇，真是太好了——這是屬於木季之的最真實言語。

美好的事物總非永恆。如夜裡綻放的煙花、如春日爛漫的緋紅桃華、如飄忽虛幻的美麗夢境……

因為短暫、因為有限，所以人們才會想努力地抓住每一刻。

然而，即便再怎樣戀戀不捨，總會有迎來終結之時。

「開始凋謝了啊……桃花。」木季之抬起掌，接住一瓣從頭頂飄落的桃花。

即將就要結束了——這個名為「桃源村」的夢境。

木季之轉頭望向一旁的若桃，只見雙眼緊閉的她，已然陷入沉睡。

「永別了，桃源村。」

像是下定了某個重大的決心，站起身，木季之大步往村莊中央的方向走去。

該是時候做個了斷了。

木季之說了謊。

打從一開始，這裡便不存在由邪祟所引發的「惡夢」，一直以來，村裡的人們所作的，其實是一場既漫長且美好的「美夢」。

那是一場某人因於思念而撒下的，最為溫柔的謊言。

如今，能維持這場夢境的力量已經不再了，作夢的人們，必須要醒來面對他們的現實。

那場他們所認為的「惡夢」。

回到村裡，眼前的景致已然陷入混亂。

路邊的房舍轉瞬傾頹，瑰麗的田野，被埋沒於荒煙漫草之中。

這不是夢，而是一場晚了許久才到來的現實。

村裡的人們，因為這突如其來的異變，而感到恐慌不已……他們還沒有意識到，自己也屬於這異變中的一環。

「木師父，眼下這情況，究竟是怎麼一回事啊？」見到木季之，村長急急地奔上前來。

在他身旁的村民們，也是一臉錯愕。

「解釋的話，晚點再說。」木季之掏出一張咒符，一段咒語唸誦後，咒符在其手中化為一把利劍，「……眼下，還有更要緊的事。」

像是呼應其言語，俄頃，遠方的山林，發出一陣震天撼地的低吼。

是食魂獸，在守護村莊的力量幾近於無的當下，牠要入侵，可說是易如反掌。

聽見食魂獸的吼聲，村民們打從心底地感到顫慄。

必須要趕緊逃開——與記憶無關，那是源於最基礎的本能。

「怪……怪物啊！」

「快逃啊！不然會死的……」

「一定會死去……就像那天一樣。」

紛亂之中，某些久遠的影像片段，突然清晰地浮現在他們的腦海中。

好痛苦、好痛苦……被人剝奪去一切的感覺，真的好痛苦。

緊隨著而來的，是忿恨，一股想要毀滅眼前一切的，沉重忿恨。

腦海之中僅剩的，只有一個念頭。

必須全部都殺掉。

——將那些可惡的入侵者，全部都殺掉。

木季之也注意到了村民們的情況。日前在場的十餘名村民們，似乎都發生了異變，但見他們正逐漸脫去人類的型態、化為面貌猙獰的惡鬼。

他知道，其餘目前沒在這裡村民們，大概也是無可倖免的，如此一來，待會需要應付的鬼魅數量將會有……

「唉……真是要忙不過來了啊！」木季之正想掏出暫時壓制在場鬼魅的咒符，而就在這個時候，遠方的食魂獸又發出了一聲低吼。

與剛才相比，這次聲音離得更近了，只怕很快就會闖入村莊。

如同昨夜一般，原先姿態張揚的鬼魅們，轉瞬陷入了躁動不安，並且下意識想要逃。

「（無論是怎樣深沉的執念，終究是敵不過本能嗎？）」無論如何，就目前的情況而言，這算是幫了木季之個大忙。

至少，他能夠暫時專注於眼前的敵人。

「昨夜的情況，絕對不會再讓它發生了……」木季之緊握著手中的咒符之劍，往聲音傳來的方向奔去。

須臾，出現在面前的，是頭兇惡的黑色巨獸。

以僅剩的三隻鮮紅眼眸瞪視著眼前的術士，巨大的食魂獸，發出了忿恨的怒吼。

牠認出來了，木季之便是昨夜毀去牠一眼的可惡人類。

這下子，直到其中一方遭到另一方屠戮之前，事情恐怕無法停止了。

「若要成為一名降妖伏魔的術士，所需要的不只是抱持著助人的熱忱，更重要的，還有切記每一次屠戮後的罪惡感。」在一次逃伐魔物的任務過後，老術士對身旁的木季之說道：「因為明白每一個逝去生命的重量，才不會迷失自我，變得麻木不仁。」

「這麼說來，一直以來您所做的，不就是件矛盾至極的事嗎？」

聞言，老術士不禁哈哈大笑。

「矛盾至極的事……確實是呢。因為守護而傷害、為了生存而屠殺，每一次施咒，都是不斷在其間做取捨。」老術士望向木季之，「要如何拿捏好其中的分寸，便要看那名術士的本事了。」

世間萬物，皆有其存在的原由。

——即便是怎樣兇惡的妖物，都是如此。

「（食魂獸，出沒於陰陽兩界邊緣，以人魂為食的罕見異獸……我的咒符主要是用以壓制鬼魅，對付這種妖異，我實在是不清楚能起到多大的效果。）」

——只能速戰速決了。

打定了主意，木季之以食魂獸的四肢為目標，迅速丟了幾個纏縛咒。

一個不穩，食魂獸巨大的身軀頓時倒臥在地。

「（就趁現在！）」

木季之藉機湊近了食魂獸最為脆弱的心臟部位，並且取出預備好的殺戮之咒。

「（我會牢記著今日的這份罪惡的，所以——）」

木季之趨動手中的咒符，正欲往食魂獸的胸口擊去，然而……

「奇怪？」在食魂獸的胸口處，他見到了一個不應該存在的東西。

因為這麼一瞬間的猶豫，食魂獸掙脫了纏縛的咒術，猛地翻身站起。

牠抬起前爪，往木季之的方向襲去……

雖然堪堪避開了要害，但木季之的左臂仍被傷得不輕。

情勢反轉了……他已錯失了擊殺巨獸的最好時機。

木季之捂住皮開肉綻的左臂，試圖先與食魂獸拉開一段距離，與此同時，他的腦袋也很混亂。

「（剛剛在食魂獸胸口看到的，是咒術的痕跡，我記得那咒文代表的意思應該是……）」思及方才無意間在食魂獸胸口瞥見的咒文，木季之突然有了一個不太好的猜想。

——這頭食魂獸之所以會來到這裡，並不單單只是巧合那麼簡單。

然而，即便木季之對食魂獸的攻擊有了猶豫，忿怒的巨獸，卻仍是一心想要致他於死地。

但見牠張開了滿是利牙的大口，惡狠狠地朝木季之撲了過來。

「可惡……」

木季之連忙趨咒備戰。而就在他的咒符發動之前，一道不屬於他的咒術先一步施放而出，不偏不移地擊中了食魂獸的頭顱。

中咒的食魂獸痛苦地甩動著巨首，退踞至一旁。

牠瞪著鮮紅色的眼，警戒地注視著那名突然而至的施術者。

木季之亦感到有些錯愕。

他望向那名悠然自隱蔽處中走出的施術者，眼中有著疑惑。

事實上，眼前的這名模樣看起來有些陰沉的年輕男子，他是認識的。

「石不換……」

「好久不見啦！你的樣子可真是狼狽啊……木師弟。」男子——石不換語帶譏笑地說道。

「你怎麼會在這裡？」見到這名所謂的「師兄」，木季之的臉色卻不是很好看。

「怎麼，這地方就你能來不成？是說，連施個咒都充滿猶豫，就你這個樣子，還稱得上是一名術士嗎？」望向木季之，石不換的面容滿是不屑。

「我的事情，還輪不到你來說嘴。」

木季之實在是不明白石不換意欲為何，說是出手相助嗎……可他剛剛分明躲在一旁看了好一段時間的戲，直到自己的手臂被傷了才悠哉現身。

更何況他們師兄弟倆，向來不合。

「不管怎麼說，我都是你的師兄啊。」石不換取出了把彎月狀的利刃，神色悠然地擺弄著，「跟只會搗鼓那些符紙的你不同，對付這些妖異的手段，我可是比你嫻熟多了。」

木季之的目光不經意地瞥向了石不換手中的利刃。

這正是他和石不換向來不對盤的主因。

石不換是名對於「非我族類」，皆視為草芥的術士，在修術之路上，他著迷於自身修為的精進，並且喜歡搜羅各種可增進自身術力的奇珍異寶。

他曾經殺了一隻巨蛟，只為了拔到牠的牙，製成稱手的佩劍。

老術士不只一次地對木季之說過：他這一生只收過兩個徒弟，恰恰正是兩個截然不同的極端。

不只個性，兩人擅長的咒術風格也大不相同。木季之主修符籙之術，因此總是紙筆不離身，與其相對，石不換則是偏好殺傷力強大的法器。

木季之從不覺得誰比誰更了不起些——對於石不換，他純粹就是看不順眼。

「我知道你看不慣我，你向來就是這麼天真……」石不換輕輕晃了晃手中的利刃，「不過這麼一個冤靈棲宿之地，你打算拿它怎麼辦呢？淨化？」

「……其實你也知道的吧？明明有個更簡單的方法。」他說，嗓音中有著明顯的嗤笑之意。

「我不打算對它們使用殺戮咒。」

「我對那些早已死透的魂靈也沒什麼興趣。」石不換沉聲道：「這個地方，明明有樣對降妖伏魔的術士而言，最有價值的東西。」

熟悉石不換個性的木季之，依據其話語，很快就推斷出了其來意……

「石不換，你不能那麼做！」木季之怒喝道：「殺害從未作惡過的善靈，有違天意，這對你的修為毫無幫助。」

「那麼，木師弟，你不妨就和我一道看看吧！」像是聽到了什麼有趣的事情，石不換笑彎了眼，「看看何謂『天意』。」

曾經的桃源村，是個風和日麗、四季皆春的地方。在這裡，不會有寒冬凜霜、不會有狂風驟雨。

——因為對她而言，那正是屬於這個村子最美的模樣。

她是一株生長在與世隔絕的山谷中的桃花。打從她有意識以來，感受到的便是山谷裡的鳥叫蟲鳴與清風流水，這樣平和且寧靜的景象。

雖然偶爾也會有旅人行經於此，但他們從不曾多作停留。

一成不變的日子不知過了多久，直到某一日，生活開始有了變化……

一群避難的人類，逃到了這座偏遠的山谷，並且打算在這裡定居下來。

她看著他們闢田造房，從無到有地建立了一座村莊。

桃源村——一名人類見到自己，高興地為這個村子起了這個名字。

她感覺，自己似乎也成了這村子的一員了。

村莊建立的初期，運作得並不太順利……這群人類從前都是過慣好日子的，對於砌屋造房、種地耕田這些工作，並不怎麼嫻熟。

她就這樣一路見證著，村莊景象的日漸蓬勃。

人類很有趣，他們有著豐富的情緒，在長年的相伴之下，連本該無情無欲的她也被影響了。

看著他們迎接新生的愉悅、嫁娶之時的喜樂……她會由衷地感到開心。

當有人離世，她也會感到難過。

在不知見證了多少次的生老病死以後，逐漸地，她開始不想只擔任一名旁觀者的角色——她想要和他們一同生活，在一旁感受他們的喜怒哀樂。

參考村裡人類的模樣，以自身靈體所化出的人類形象，是一名粉衣少女的模樣。

她覺得很開心，終於能成為他們的一員了！

……雖然，這些沒有特殊能力的人類，似乎見不到由樹靈所化的她。

不過比起從前只能動也不動地立在原地，她喜歡自己現在化為人類的樣子。

她開始習慣以雙腳奔跑，當村裡的孩童們聚在一起玩耍時，她也能坐在一旁照看著。

她想，能像現在這個樣子，靜靜地守護自己喜愛的人類，已經很好了。

她也原以為，這樣的日子能一直持續下去，直到那一日……

直到那一日，她才發現，原來這世間的人類，也有那樣醜惡不堪的。

事件的起因，大概是那名誤入村中的迷途商人。

比起這座村莊美麗的景致及純樸的民心，那名商人似乎只對村人們持有的珍寶感興趣。

她見到他在離去之前，偷偷地捎走了一隻白玉酒杯。

然後在一段時間之後的夜裡，村裡來了一大群人。

他們帶著火把及村人們所沒有的利器，瞬間打破了桃源村長年以來的平靜。

那一夜，殘酷得令人心碎。

村人們被屠戮、財寶被劫掠，熾烈的火及溫熱的血，染紅了整個村莊。

她卻無能為力。

原身為桃花樹的她，無法自紮根之處離開分毫，靈體所化之人形，也還沒強大到能對現世造成影響。

那一夜，她只能眼睜睜地看著深愛的人們在自己面前一一逝去。

好寂寞……

這樣誰也不在的桃源村，真的好寂寞。

由逝去人們所化的鬼魅，因為強大的怨念而遲遲沒有進入輪迴，停留在村裡徘徊。

好想要活下去——她聽見他們在如此悲泣著。

「（你們也不想讓這一切就這麼結束吧？）」

為此，她撒了一個謊。

她傾盡全力，化出了一個美麗的幻境——一個終年如春、不受外界天候影響、不屬於現世的村莊。

她化出了那座自己記憶中最美麗的桃源村。

她利用自己「辟邪」的天性，壓制了鬼魅們的凶性。

在這裡，凶性被壓制住的鬼魅們似乎遺忘了自己死去那一日的的情景，只是如同生前那般，日復一日地生活著。

有關這個村子的一切，和她是息息相關的，因此，他們會在她清醒時清醒，並且隨著她的沉眠而陷入沉睡。

然後這一次……

他們終於見得到她了。

「我的名字叫做若桃。」見到自己所喜愛的人們、對自己溫柔以待的人們，若桃感到相當開心。

然後，或許真的是過了太久太久了……作為一名人類生活，沒有回歸至原身的若桃，逐漸遺忘了自己原為桃花樹靈的這件事情。

她為村民們所撒下的那個謊，同時也騙過了自己。

第十章　離村之路

「（原來如此啊……）」被冰冷的雨水給驚醒，若桃睜開了雙眼。

「原來，我才是真正的大騙子。」

因為靠近了自己的原身，若桃算是勉強恢復了些許氣力。她扶著身後的桃樹，努力地站起身。

村莊的模樣已經不復完好了，長年下來為了壓制鬼魅們的凶性、維持村莊的幻境，讓她越發虛弱，而今，已無法繼續維持這場夢境。

……村裡的人們，只怕也已經醒了吧！

若桃能聽到他們傳來的悲鳴，那是在忿怒，還有……

「害怕，大家現在都感到很害怕。」若桃往村子的方向望去，「如同那一日一樣，有個危險的東西，進來了。」

……

「瞧你這樣緊張的模樣，你就這麼擔心我殺了你的桃樹精嗎？」石不換輕笑，「我也不想做這樣有傷修為的事……不過，若是犯了殺戮之罪，便再也算不上善靈了，到時，即便是殺了它，也不算是有違天意吧？」

「這座村莊本身便是由桃樹精所製作出來的幻境，現在也還殘留著些許靈力……想必你的桃樹精，也已經察覺到食魂獸入侵的事了吧？為了守護對它而言最為重要的那些魂靈，你想它會做些什麼呢？」

「石不換你這個卑鄙小人，在食魂獸身上下了使役咒，並且令牠闖入村莊的果真是你！」這正是木季之方才擊殺食魂獸時，產生猶豫的原因。

食魂獸的身上被下了「使役」，一種術士用以驅策妖魔鬼怪的咒語。

之所以會襲擊這個村莊，並非牠的本意。

「哎呀，竟然連使役咒都教你看出來了……真不愧是師傅讚不絕口的好徒弟呢！所以呢？知道這頭食魂獸是我使役的，你又待如何？」

「我打算……這麼做！」

在石不換反應過來之前，木季之掏出咒符，朝不遠處仍被震懾在原地的食魂獸的胸口轟了過去。大片的血花，自巨獸的破裂的胸口綻出，灑了木季之半身。沒有發出太大的動靜，巨獸的屍首便砰然倒地。

「殺戮之咒啊……這一手做得可真是乾脆俐落，你難道不會有罪惡感了嗎？面對這樣無辜的妖異。」見到這一幕的石不換，似乎感到相當不可思議。

「……我並沒有那樣悲天憫人的慈悲。我學習咒術的理由一直以來都很純粹，我一不為替天行道，二不管自身修為，即便是罪惡什麼的……」木季之怒視著石不換，「一直以來，我之所以學習咒術，僅僅就是為了一人而已。」

就某方面而言，這或許正是他們師兄弟倆的共通點。

——那樣僅能看見自己眼中之物的自私自我。

聞言，石不換呆愣了好一會。

半晌，只見他像是看了什麼好戲般地擊起了掌，「了不起、了不起……木府四郎，可真是名世間罕見的癡情種子。」

「不過，正如我方才所說的：對於食魂獸這樣的妖異，我向來比你還要來得有辦法。」

石不換的話語方落，便聽到不遠之處又傳來了一陣食魂獸的低吼。這一次，是在村子深處的方向。

「石不換，你究竟動用了幾隻使役？」

「不多、不多，像食魂獸這樣難尋的妖異，我也就成功使役了兩隻而已。」石不換笑道：「木師弟，雖然那隻桃樹精的力量已經相當虛弱了，但好歹桃樹的天性便是『辟邪』嘛！對付食魂獸這種陰界妖異，肯定特別有辦法，所以誰死誰活，還說不准呢。」

「雖然，無論結果為何，於我而言都沒差就是了——我都能夠以較不傷修為的方式，取走桃樹精擁有辟邪之力的元靈。」

如果殺了石不換就能夠解決當下的危機，眼下，木季之真的產生了一股殺人的衝動。

但是他明白即便如此也是於事無補，他只能盡快地，趕到另一頭食魂獸的所在地。

在事情還有挽回餘地之前。

當木季之見到那頭黑色巨獸時，同時也見到了那道嬌小的粉色身影。

只是那粉衣身影，已不再是往常那樣純淨無瑕的模樣。

「若桃！」

「木季之……」

聽到木季之的叫喚，若桃轉過身，露出了她那被濺上了殷紅鮮血的面容。

與此同時，她也抽回了深埋在食魂獸的胸口之中、化為鋒利枝條的右手。

望著沾附著食魂獸鮮血的右手，她顯得有些呆愣。

腥紅覆身——自此以後，純淨的善靈，便染上了名為「殺戮」的罪孽。

「若桃……妳沒事吧？別害怕，我這就帶妳離開……」木季之趕緊趕往若桃的身邊。

急促的驟雨澆淋在身上，冰冷的感覺，就如同木季之此刻的心情。

曾經美麗的桃源村，已不再是從前那樣平和的模樣，就連守護著此地的溫柔樹靈，也起了殺戮之心……

但是，對木季之而言，無論事態怎樣的變化，若桃仍舊是若桃。

——那名自己打從年少時期便一直思慕著的少女。

「木季之，原來一直以來，都是我欺騙了人家，是我把大家困在這個村子裡的……」望著木季之，若桃的模樣顯得有些無助。

滂沱的大雨洗去了她身上的血跡，卻洗不去她背負的愧疚。

先前那些若有似無的預感都是對的。

——在這村裡，自己確實就是那唯一的異類。

就在此時，不遠處的天際一記雷閃。

刺目的閃光過後，是一道轟然落雷——急劇的落雷，不偏不移地擊中了村莊盡頭，那株巨大的桃樹上。

「若桃！」木季之連忙接住了若桃軟倒的身軀。

周遭傾頹的房舍消失了，化作草木橫生的荒蕪景象，至此，桃花樹靈施加在此地的幻術，已完全不復存在。

「怎麼會……」看著懷中狀態極不穩定、彷彿隨時會消散的靈體所化之軀，木季之慌亂得完全不知所措。

他知道，在食魂獸死去、若桃鎮壓的力量又完全消失的當下，原先被拘留於此地的鬼魅們，將會再次發狂。

這一次，怕是誰也壓制不住了……

「木季之，你方才不是還在和我講著『天意』嗎？瞧，這就是天意。」但見石不換一臉悠悠哉哉地走上前來。望著因原身被傷而變得虛弱無比的若桃，他笑道：「看樣子，桃樹精逆天而行的作為，連老天爺也看不過去了。」

「石不換，你這個愚蠢的傢伙。」將若桃的身軀輕輕放下，木季之站起身，「這下子，我們誰也活不了了。」

「你說的這是什麼蠢話，不過是區區幾隻鬼……」

石不換話語未畢，一隻凶化的鬼魅便猛地竄至其身後，將鋒利的指爪插進其腹部。

「眼下在此處的，可不是你所說的『區區幾隻鬼魅』。」木季之掏出了一張咒符，往若桃的身上下了道護身的咒語。

「由魂靈所化之鬼魅，在陽世停留越久，力量便越大……眼下在這村裡的，可是數十隻不知在陽世停留多久，早已遺忘生前記憶、只餘下殺心的凶惡鬼魅，這樣的大凶之地，即便是師傅到場，也不見得能夠鎮壓得住。」

看來你我今日是注定要交代在這了——說著這句話的木季之，面容很是平靜。

「哈？那是因為你實力不濟，我可是不一樣的，我……」石不換舉起手中施加咒術的佩劍想要反擊，一隻凶靈卻擊潰了其方才施加的隔絕封印，給予其重重一擊。

邪化的鬼魅們，早已分不清當年殺了自己的入侵者是誰，對他們而言，不屬於村內之人的陌生人便是敵人，必須要除去。

眼下，身在這村裡的生人便屬石不換，以及……

「（奇怪？）」一放下手中正要發動的咒符，木季之疑惑地看著從自己身旁一閃而過的鬼魅們。鬼魅們並沒有選擇攻擊自己？

正當木季之還在為此感到不解時，一隻男性魂靈倏地飛竄至他身旁。

「方才……和大夥兒說了……」轉過頭，那名男性魂靈說道：「木公子……不是敵人。」

見狀，木季之打從心底地笑了開來。

「張大叔，原來是您呀！」他說：「看來特地為了您去偷來的那罈酒，果真是沒有白費。」

張大叔的魂靈，是先前發狂的時候，便被他用纏縛之咒困起來的。

他使的纏縛之咒會只會困縛懷有殺意的凶靈……眼下張大叔的樣子，大概是已經找回生前的記憶，不再只是一心只存在著復仇了。

他先前所做的努力，沒有白費。

「張大叔，既然大夥兒還聽得進您的話，那麼可否請您去幫忙勸說一下呢？」木季之沉聲道：「留我那愚蠢的師兄一條活命吧！為了他而墮為惡鬼，不值得。」

「這件事情……我也沒有辦法。」張大叔的模樣看起來有些失望。憑他一己的力量，能從一群失去理智的凶靈手下保住木季之，已經是極限了。

他們已經被壓抑了太久了，急需發洩心中那股積累許久的怨恨——石不換的身上，也有著與當年的入侵者們相似的敵意。

「是嗎……」木季之無奈地嘆了口氣，「既然如此，就只能看看我先前所佈下的咒術，能起多少作用了。」

他自懷中取出了一枚摺成蝴蝶形狀的咒符。

那是他先前也讓村民們佩帶在身上的咒符——用以淨化惡鬼的淨化咒。

和強力壓制的咒語不同，淨化的咒符是否能成功發動，主要得看被施咒者本身的意念，咒符的存在，僅僅只是作為一種輔助的媒介。

化身為邪祟的鬼魅，會遺忘他們生前那些快樂的回憶，思緒僅僅是停留在被殺害時那痛苦的一刻，若要淨化，必須得盡可能地想辦法讓他們憶起那些曾經的美好才行。

為此，木季之花了許多時間，將他先前和村民們聊天時打聽而來的，那些美好的生前回憶、今生眷戀……皆化為咒寫進了咒符裡，希望能增加咒符成功發動的機率。

「（就來看看究竟能起到多少作用吧！）」木季之唸咒發動手中的咒符。蝴蝶形狀的咒符，在發動過後，化為一隻雙翅散發著微光的彩蝶，自木季之的手中翩然飛起。

那隻彩蝶中所挾帶的，是他在這個村子裡的美好回憶。

這是一種使咒術效果增幅的方式——不同隻的咒蝶之間會相互影響，其封存的記憶亦可彼此共通。

也就是說，當成功發動的咒蝶數量越多，於被施咒本身，所能得到的記憶反饋也越龐大，淨化的效果也就越好。

但是，若是被施咒的村民們怎樣也無法接受自己的死亡、並且從執迷之中跳脫出來的話，咒符是無法成功發動的。

所以，眼下木季之也只能賭一賭。

纖弱的彩蝶，於陰雨之中努力振翅飛行，看起來有些搖搖欲墜。

「（咒術發動的時間就快結束了，還是沒辦法引起其他咒蝶的共鳴嗎……）」雖然並非意料之外的事情，但木季之還是不免感到有些失落。

從方才開始，不遠處被成群鬼魅包圍的中心，施放出的咒術便越來越少，也越來越微弱，身處其中的石不換，怕是已經接近力竭了。

再這樣放任不管下去，肯定會被鬼魅們殺死。

對於這個向來不對盤的師兄，木季之雖然也曾經起過一瞬的殺意，但若真教他讓那些村民們給殺了……犯了這樣罪孽的鬼魅，戾氣怕是會更重、更加難以進入輪迴了，木季之不想讓那些本性純良的村民們白遭這個罪。

所以，即便可能性趨近於無……

「賭一把吧！看能不能成功帶著那個愚蠢的傢伙逃出去。」木季之掏出身上所剩無幾的壓制用咒符，往那惡鬼肆虐的中心走去。
就在這個時候，一隻咒蝶緩緩的自其身後翩然飛至眼前。
木季之回頭一看。
身為咒術發動者的張大叔，對於自己的身上突然飛出了隻蝴蝶，似乎也是一臉疑惑。
「（是了，當初在張大叔的身上，也放了一隻。）」
「謝謝了……謝謝您願意放下那些仇恨。」昏暗天色中，努力振翅飛舞的咒蝶，讓木季之覺得自己並不是這麼孤單。
正當他欲繼續前行，身旁又飛出了兩隻咒蝶。
成對的咒蝶，如同嬉戲一般的，在空中交互盤旋。
木季之往其飛來的方向望去，見到了那亦成雙的人影。
「真是的……」望向來者，木季之狀似無奈地嘆了口氣，「我不是要你們趕緊投胎去的嗎？」
「我們怎麼也放不下村子裡的大家。」不遠之處，阿恆偕同彩英走向前來，「反正都等了那麼多年了，也不差這一時半會。」
「木公子，你的傷……」阿恆指著木季之左臂的一片血肉模糊。
木季之擺了擺手，「我沒事，倒是你們倆可真是幫了大忙了。」
阿恆和彩英，是這村裡最早得知自身已死的事實的鬼魅。

因為接觸了來自於現世的白玉酒杯，他們與現世有了較為強烈的連結，在舉辦著餐宴的那一晚，他們並沒有隨著若桃的昏迷而陷入沉睡——也沒有受到忘卻咒的影響，遺忘關於自己的事情。

當時，木季之告知了他們有關這個村子背後所隱藏的殘酷真相，然後如同突然憶起真相的其他村人們一般，他們倆也凶化發狂了。

淨化凶靈的道理無他——必須要讓它們明白、並且接受自身已死的事實，讓它們能夠帶著生前美好的記憶，前往來世。

因此，只是一味的讓它們忘卻真相，是不行的。

或許是因為比別人少了些遺憾，淨化他們倆時，並不是那麼困難。

木季之要憶起一切的兩人莫再逗留，臨別之前，他在他們的身上也放了咒符之蝶——淨化的咒蝶同時也有著引領亡者的作用，木季之希望他們在前往來世的路上，能有個明確的引路者。

「（結果，卻是將你們引回了這裡嗎……）」

比起代表希望的來生，阿恆與彩英的咒蝶卻選擇飛回了這個早已不復存在的回憶之地……

仔細想想，這或許也是個情理之內的結果。

咒符之蝶間，擁有一種無形的連結。眼下，四隻發動的咒符之蝶，似乎正試圖喚醒其他村民身上的咒蝶，那些因仇恨而殺紅了眼的村民們，也因此而緩下了攻擊。

對於心底深處突然湧現的溫柔情感，他們似乎感到有些疑惑。

「（差一點、就差一點，或許真的能成……）」

還有沒有其他的咒術可以幫助喚起村民們的回憶呢？正當木季之這麼想時，卻見周遭的景象，突然產生了劇變——

原先的荒蕪之地，突然盛開了成片的桃花，絕美的，如夢似幻。

「若桃……」

木季之回頭一看，見到若桃正勉強地撐地坐起身。

「木季之，這是我最後一次說謊騙人了。」她說，嘴邊揚著輕柔的淺笑。

她這一生，也就撒過兩次謊。

第一次，是為了讓逝去的村民們忘卻傷痛——這讓他們忘卻了自身已死的事實，並且連帶的，也把自己給騙進去了；第二次，是為了讓迷失在殘酷真相中的村民們憶起往日的美好——即便，那將會耗去她維持住當下形體的最後一分氣力。

「……傻瓜。」對於這樣的若桃，木季之也只能給予溫柔的斥責。

若桃所剩無幾的力量，只夠維持這美麗夢境短暫一瞬。

雖然短暫，卻已足矣。

在桃花盛放的這一剎那，數十隻美麗的咒蝶，自村民們的身上翩然飛起。

對桃源村的人們而言，走到今日的這一步，實在是歷經了一段十足漫長的路途。

他們曾經在此地活過了許多的年歲，也曾因為不知自身的死亡，在沒有出口的夢裡徘徊了許久……

直到這一刻，他們才真正的認清並接受了自身已死的事實，得以尋到離開這個村莊、前往來世的路。戾氣散去、恢復生前模樣的村民們，有些驚奇地看著彩蝶於桃林飛舞的美麗景象。

心裡湧起了一股平靜溫暖的感覺——就如同他們曾經在這裡生活過的漫長年歲。

是的，怎麼能遺忘呢？那些曾經在此處渡過的美好歲月，以及那一心只想守護自己的，溫柔情感。

並不是每個外來客都是該死的。

也有一個人，為了他們，記下了這些最為珍貴的美好回憶……

半晌，如夢般的桃花幻境消失了，成功地完成了使命的咒蝶們，也變回白紙、飄然落地。

「無論是惡夢還是美夢……這下子，可就真的完全結束了。」木季之感嘆道。

他先是走向了若桃，關心地詢問道：「還好嗎？感覺怎麼樣？」

「沒事的，不必擔心我。」若桃輕笑，「這裡……已經沒有什麼會讓我感到悲傷的事了。」

依木季之的判斷，若桃現在這人類模樣的靈體，應該只夠再支撐一會了。

但是，比起這個雙方皆不願提起的事實，他寧願再說個可愛的謊……

「我就說吧！我看手相很準的。」他說，語氣裡滿是得意。

「嗯。」聞言，若桃展開了笑靨。

轉過頭，她望向了不遠之處，與自己一同生活多年的村人們，心情感到有些糾結。

「對不起，騙了你們這麼多年……若不是我，你們也不會在陽間徘徊了那麼久，遲遲無法投胎轉世。」低垂著面容，若桃說道。

或許她終究是……太自私了。

「話可別這麼說！應該是我們大夥兒要和妳道謝才是。」村長忙不迭擺了擺手。

他望向一旁的村民們，知道他們也有著同樣的想法。

「就是啊，若不是妳的幫忙，我和阿恆今生可就無法結為夫妻了。」緊握著身旁戀人的手，彩英滿是珍惜與感謝。

謝謝妳，能夠成為我們的一份子，這些年來和妳相處的日子，真的是非常幸福——面對眼前這名溫柔的桃花樹靈，村民們無不抱持著這樣的想法。

「（正如妳深愛著這裡的一切，這裡的人們，也是愛著妳的。）」木季之由衷地為若桃感到開心。

但於他而言，還有些糟心事必須處理。

他走向了遠處趴伏在地、痛苦地不住喘著氣的石不換，「喂！還站得起來吧？你那些使役妖什麼的……叫一隻來把你馱下山可以嗎？」

石不換不甘地接受了木季之的幫助，站起身。歷經這次的死裡逃生，雖然不能完全改變他為人處事的態度，但對於何謂一名「強大的術士」，他大概會有些和從前不一樣的看法。

另一方面，雖然志不在成為一名強大的術士，但木季之也不得不認為：自己這一次完成的，實在是件相當了不得的任務。

雖然憑藉的不是一己之力，但他竟然成功淨化了這個成群冤靈徘徊多年的大凶之地，現在這個地方，應該已不再存在怨氣……

不，不太對。

——在場的村民們，還少了一位。

正當木季之這麼想著時，一股濃烈的殺意，猛地從身後襲來……

「你有見到我的孩兒在哪嗎？」

轉過身，他見到了那隻迅速殺至自己身前的鬼魅——是眼中仍溢流著鮮血的陶大娘。

木季之先前已經用最強力的咒語將她給壓制住了，可現在，她的樣子非但完全沒受到淨化，反倒還從壓制的咒語中掙脫了出來。

（心中餘有執念的魂靈，才會化為鬼魅遺留人間……

因此，鬼魅所化之邪祟，是最為兇險。）

「（差點都給忘了啊……這最為強大的執念。）」

「陶大娘，我現在……可是已經沒有可以鎮得住您的咒符了啊……」強忍著腹部的劇痛，木季之的神色痛苦。他伸手探入懷中，小心地取出某樣物什。

「我只剩下這個了。」他將鎖有小豆子殘魂的鎖魂珠遞到了陶大娘面前，「雖然已經想辦法修補了，但因為破損得太嚴重，實在是沒辦法修護到完好如初，不過，若有這鎖魂珠護著，應該能夠支撐到前往來世為止吧！」

陶大娘訝異地望著透出淡青色光芒的鎖魂珠。

她伸出手，愣愣的將其接過……

「小豆子……我的孩子啊！」

無論是生前還是死後，孩兒的安好，便是一名母親最大的願望與執念。

最後一隻咒蝶從其身上飄然飛出……至此，桃源村已不存在任何一隻怨靈了。

「大夥兒都要出村了，您也趕緊離開吧！」木季之催促道。

「可是你……」對於自己方才在木季之身上弄出的傷口，陶大娘滿是愧疚。

「別管我了，再遲一些，就連鎖魂珠也無法保住小豆子的魂魄了。」木季之沉聲道：「你們都必須要平安地離開這裡——這是她最大的心願，因此，也是我的心願。」

雖然，仍有些未能表達的感謝。

但眼下，陶大娘也只得前去和眾人會合。

「喂……你的樣子，看起來比我還不妙啊！」石不換望著木季之方才被發狂的陶大娘弄出的傷口。

虧木季之還能一副無事人一般地站著……真是太不可思議了。

「這件事情還輪不到你來擔心。」木季之脫下身上的披掛，紮在了腹部的傷口，試圖讓那個猙獰的大洞看起來沒那麼明顯。

「不過，有件事情，我倒是要請你幫忙。」

「二位的恩情，我等今生實在無以為報……」領著身後的村民們，村長再一次向木季之及若桃鄭重道謝。

「你們能好好地渡過來世，便是最好的回報了。」木季之望向了身旁的若桃，「對吧？」

若桃笑著點了點頭。

「既然如此，我們就先告辭了，感謝你們為桃源村所做的一切……」

伴隨著無數感謝道別的話語，村民們的身影一個一個消失在朦朧的天色中。

對他們而言，旅途還沒有結束。

在前往黃泉彼岸之前，還有好一段路需要走。

不過，黃泉路上，有許多熟悉的人在身邊伴著、一同聊著今生種種，無論路途再長，想必都不會感到寂寞吧！

木季之見到了靠在一塊說著話的文爺爺與文奶奶——屬於文奶奶的前世之願，大概也在這一刻實現了。

「那麼，我們也走吧！」木季之說著，並且攔腰抱起了若桃。

虛弱的靈體，抱起來幾乎沒有任何的重量，但那熟悉的桃花香氣，一再地向木季之證明著，懷中的少女是確實存在的。

他們一人一靈，踏著和往常相同的路途，往某個熟悉的地方走去。

雖然周遭的景象已不復往常美好，但伴在自己身旁的還是同一位——沒有什麼比這個更加重要了。

「吶，木季之，方才見到那些咒術之蝶時，我想到了一件事情。」

「妳想到了什麼呢？」

「我想到了，你曾經給我看過的煙花。」望向木季之，若桃的笑顏燦爛，「你曾經和我說過的：『雖然只有短暫的一瞬，但絕對不是虛幻』。」

「嗯，是啊……」木季之感嘆道：「發生在這裡的一切，全部都是真實的。」

他讓若桃靠坐在身後的桃樹上，將其輕輕地放下。

先前的雷擊，將桃樹劈得焦黑大半，但滂沱的大雨，也即時將大火澆熄了，沒有讓整株桃樹都被燒毀。

「說起來，我還有件事情要問你……」若桃突地說道。

不知怎麼地，在說出問題之前，她猶疑了好一會。

「你還沒和我講你心儀的對象是誰呢。」她抬頭看向了木季之，「小四。」

久違的稱呼，讓木季之不禁呆愣了半晌。

他走到若桃身旁，與她並肩坐下，「現在可沒人會這麼叫我了，我可是一點都不小了。」

「是啊。」若桃笑說：「你長得又高又大……所以先前見面時，我才沒能夠認出你。」

「小四，這些年來，你過得怎麼樣呢？」

「這個啊，該從何說起才好呢……」

若桃的提問，將木季之的思緒拉回到了十幾年前。

——他在桃林中與若桃不告而別的那一天。

第十一章　桃源花開

『小四……』

『……你在哪裡啊？』

『聽到的話就回覆一聲……』

『……別躲起來了。』

……

『……總算是找到你了。』

當年，在桃林中聽到了不知從何處傳來的人聲，木季之的第一個想法就是自己撞鬼了。

而在聽到那陣人聲後沒多久，他便昏過去了，待到醒來之後，他發現自己已回到了宅邸。

……據府裡的人們表示：他在山裡已失蹤了足足三天，木老爺派了許多人去搜尋，待找到時，他已虛弱得奄奄一息。

（「當真是福大命大呢。」─）知道這件事情的人們，無不如此表示。

在那場事件過後，木季之的周遭產生了些許的變化。

他那完全稱不上盡責的父親，似乎發現了自己一直以來冷落木季之的行為，實在是不太應該，對於木季之，他不再像從前那樣視若無睹了，因為這個緣故，木季之那些討厭的兄長們，也不再能像往常那樣明目張膽地欺壓他。

至於木季之那始終混不熟的娘親嗎……仕兒了從鬼門關口走一遭後，母子倆雖仍無法變得像尋常人家母子那樣的親近，但至少，她不再說出「後悔把你生下」這樣的話了。

或許微乎其微，但對木季之而言，事情似乎都在朝好的方向發展。

只除了一件事情……

「啊……找不到，不管是怎樣詳盡的文獻，都找不到永安鎮附近，有個叫做『桃源村』的地方啊！」放下手中厚重的書冊，木季之深深嘆了口氣。

距離山中迷途的那一日，已經過去三年了，十五歲的木季之，已褪去孩童的稚氣，長成一名身材頎長的少年。

這三年來，他有件一直感到很在意的事。

「雖然大家都說我是在作夢，後來回去相同的地方，也是遍尋不著，但我確定，那一切都是真的……」木季之取出自己一直掛在脖頸上的平安符，平安符中，有著一片緋紅的桃花花瓣，「那山裡的確是有座村子，村子裡頭，盛開著桃花。」

平安符中的花瓣，是他三年前自山裡平安歸來時，在自己衣襟裡找到的。

那證明自己的確曾經到訪過一座盛開著桃花的村落。他將花瓣放進平安符中隨身配帶著，而不知為何地，緋紅的花瓣，經過三年，卻仍未枯敗。

「三年啊，不曉得若桃和那裡的大家變得怎麼樣了，本以為很快就可以回去的……」他想到了那名如同桃花一般嬌俏的少女。

想到了，自己當初曾經打算要待在村裡和她一同生活的。

「（雖然若桃曾說過身邊有很多人陪著，不過當初她以為我要離開時，總覺得她的樣子，看起來相當寂寞。）」

而最後，自己也的確是離開了。

「若桃……妳過得還好嗎？很想要見到妳。」

或許是效法了父親的風流，木季之的兄長們到了他這個年紀，大多都收了好些名通房丫頭，比較不像樣的，甚至整日往花樓跑。

在木府之中，木季之可以算是個異類。

木季之對那些風月之事並不怎麼熱衷，他從未去過花樓，亦未收過通房丫頭，行事作風比他那風流好色的父親與兄長們都還要端正許多，因為不是被嬌慣著長大的，他的身上，也沒什麼富家子弟的紈綺氣息。

正是因為如此，即便是地位低微的庶出之子，永安鎮的人們對他的評價，卻要比對他的兄長們的還要高上許多。

事實上，面容俊雅、個性溫文的木府四郎，在永安鎮的適婚姑娘之中，算是個挺受歡迎的存在。雖說木季之本人似乎並不怎樣在意這份殊榮就是了。

「聽說那王家小姐，幾日前曾經派人來探聽過你的事呢，問你有沒有想要娶親的意思。」這一日，前去問候母親言氏時，木季之突然聽到她提起了這件事。

最近這段時間，他幾乎每日都會前去她的房裡問候，並且也稍微聊上幾句。這些年來，言氏的身子是越發不好了，她的臥房中，總是長年飄散著藥味，三不五時的，更是需要鎮日待在床上休養。

父親前來探望她的次數，卻是更少了——他不喜歡那些透露著衰敗氣息的藥味。

「我根本連她的樣子都沒見過，何來探聽一事。」對於自己成為他人的青睞對象之事，木季之的反應顯得很平淡。

「據說是前些日子上街時，瞥見了你的模樣，之後便對你惦記在心了……王老爺的閨女可是鎮上有名的美人，前年你二哥曾經派人登門說親，人家卻沒有答應。」思及至此，言氏的語氣中不無得意。望向木季之，她說道：「若能和王老爺結為親家，對你爹的生意將會很有幫助，所以前幾日王家派人來時，你爹可是相當高興呢。」

「那麼，您又是怎麼想的呢？關於這門親事。」沒有直接表明自己的態度，木季之反問道。

「我怎麼想的，在這個家裡，是一點都不重要。」言氏有些自嘲地說道：「你覺得你爹現在還會在乎我的想法嗎？」

思及自己這些年來在府裡受到的待遇，她恨恨地攢緊了拳。

言氏曾經想過，對她而言，當年選擇作為小妾嫁入木府，算不算是下了一手壞棋。

年輕時，因為生得頗具姿色，所以她也曾算是花樓裡的頭牌，在她最當紅的時候，除了木老爺，想要為她贖身的人，還有許多。

她最終卻是自當中選擇了財力最為豐厚的木老爺。

長年在花樓裡的勞苦生活，讓言氏的身子早早就落下了病根，所以她很明白，即便眼下在花樓裡的地位看起來再怎麼風光，那樣的好日子，也持續不了多久。

早早抽身離開，找個人傍著才是正途。

初識之時，木老爺可以說是相當疼寵她，總是不惜為她一擲千金，她想，若能為其誕下子嗣，後半生的榮寵應該就無虞了吧！

然而，看似多情的木老爺，實則比誰都還要無情。

在她還懷著木季之的時候，他便又找上了新歡，後院裡的新人，也是一個個地找進來。

生下木季之後，這樣的情況仍是沒有改善。木老爺的子嗣眾多，並不差這麼一個由身分卑下的母親誕下的兒子，而在生產過後，言氏的身子是更差了，對於她那帶了點病態的面容，木老爺是感到越發不喜愛。

我是為何要把這個孩子生下呢——對於和自己一樣不受寵的木季之，她開始有了這樣的想法。

如果當初不是為了生下他，她的身子也不至於變得這麼差，更甚者，如果當初沒有選擇嫁進木府的話……

對於木季之這個親生骨肉，她是注定要抱持著愧疚的，因為她壓根沒有辦法愛他，但是，在歷經三年前其差點死在山中的那場意外後，她發現：若沒有木季之，她就真的是一無所有了……

眼下，看著這個和自己完全不親近的孩子，生得是越發優秀，言氏的心情可謂相當複雜。

「四郎，我想你應該很恨我吧？對你而言，我大概根本不配稱得上是一名母親。」言氏苦笑。大概，真是「人之將死，其言也善」吧！對於自己這些年來對木季之的所作所為，她開始感到有些後悔。

她幾乎從不曾想過要參與他的成長過程，驀然回首，她才發覺：當年那個包裹在襁褓中的小嬰孩，如今也生得這樣大了……

低垂著眼眸，木季之沉默不語了好一會。

「事實上，我也曾經很羨慕過，別人家溫柔、寵溺子女的母親。」半晌，只聽他說道：「不過，我並不會恨您喔！我很感謝您，是您讓我降生在這個世上的。」

沒人能保證自己一生能完全順遂無憂。

但最起碼，她給了自己一個機會——一個能夠與美好相遇的機會。
抬起頭，他有些打趣地笑道：「我也要感謝，自己是長得像您而不是像爹，要不，怎麼會有鎮上的人們所說的，『俊秀溫文的木府四郎』？」
聞言，言氏呆愣不語了好一會。
不知怎麼地，聽到木季之的話，她竟然有種如釋重負的感覺。
或許，這些年來，她對木季之抱持的歉疚，遠比她自己所想的還要更重更深……
——如果能早點像這樣子和他坦誠地說說心裡話，就好了。
有生以來第一次，她思考了一個不一樣的「如果」。
「生得好看有什麼用啊？不就是讓你更方便去拐騙那些小姑娘？若是又像你爹那樣三妻四妾的……」為了讓自己哽咽的語氣沒那麼明顯，言氏故作鎮靜地說道。
「不會的。」對此，木季之的態度相當篤定，「這些年來，我也算是看得相當透徹了。無論是您，還是大娘和其他的姨娘們，有誰是真的感到快樂的呢？所以，喜愛的人，只要一個就夠了。」
言氏怔然不語。
「……四郎，這樣的你，為什麼會是你爹的孩子呢？」只聽她如此感嘆道。
對此，木季之是這樣回答的——
「因為與此同時，我也是您的孩子啊！」

對於言氏，要說木季之沒有任何埋怨，是不太可能的，但是無論如何，他們都在這一日達成了和解。

當初在桃源村時，木季之曾經想過：若自己就那麼待在那兒不回來了，也不會有人想念自己。

現在，他大概多少改變了些許看法。

是的，正如當時若桃所說——會有人在這裡等著他。

約莫在半年過後，久病不癒的言氏逝世了。

終其一生，她都沒有得到當初心心念念著的無上榮寵，但是，臨終之前，身邊有木季之陪伴的她，面容相當安詳。

這是生平第一次，木季之這麼深刻地體會到「死亡」。

他很慶幸自己能在母親逝世以前，解開與她之間的心結，也更加確信：人生之中，有些想做的事情，便得趕緊去做才行。

他又想起了那個盛放著桃花的村莊、那名嬌俏的粉衣少女。

他想要去到那個地方、想見她。

然而，無論怎樣的探查，有關桃源村的消息，仍舊是一無所獲，直到某一天，他遇到了一名雲游至鎮上的術士……

「公子，你這瓣桃花，看起來並非現世之物啊！」見到木季之收藏的桃花瓣，他如此表示。

「並非現世之物……這是什麼意思？」

「意思是，此物應當非屬您現居的世界所有。木公子，這瓣花瓣你是在哪裡找到的呢？」

於是，木季之便將多年前發生在自己身上的離奇遭遇娓娓道來……

「……照你這麼說來，我想那桃源村應當並非現世之地，因此在一般的情況下，是找不著的，公子你當年因為一度瀕死，才會陰錯陽差地踏入其中。」聽完木季之的敘述，術士如此判斷。

「並非現世之地……」這麼說來，當初所見到的若桃他們，究竟是怎麼一回事？

「我想，你當初在村子裡見到的村人們，應該都非屬尋常人，但究竟是屬於何種精怪之類的……這我可就無法判定了，至少，這瓣桃花上並沒有沾附什麼不好的氣息。」明白木季之的疑問，術士再次解釋。

聽完術士的解釋，木季之的心情相當複雜。

原來若桃他們，都不是尋常人嗎……

「那麼，有什麼辦法可以讓我再次進入村莊嗎？」良久，木季之問道：「總不會要像當年那個樣子……把自己弄到差點死掉之後才進得去吧？」

他想過了：不是尋常人類又如何？當年他所見到的村人們，可是比自己所見過的任何人類都還要溫柔。

他還想要再見見他們，也還有些話想說。

「這倒不然。據我所知，有種引路的術法，是能夠將人帶進那樣的非現世空間裡的。」雖然不太明白木季之為何會提出那樣的疑問，術士還是據自己所知地回答。

「那麼，能不能夠將那個術法傳授予我呢？」得知有進村的方法，木季之不禁感到有些興奮。

「這個啊……老實說這類咒術並非我的擅場，不過我認識一位老前輩，他對這類咒術特別在行。」

「……於是，我就認識了我後來的師傅。」木季之說道：「師傅他很嚴格，我在他身邊學了好些年，才勉強算得上是能夠獨當一面。」

望向一旁倚靠在自己肩膀上的若桃，他笑顏溫柔，「我學習咒術，便是因為想要來到這裡，因為這裡，有一個我喜歡了許久的女孩。生平第一次，是她讓我覺得自己在這世上並不孤單，是她告訴我『沒有人是不被需要的』。若不是她，我想我也無法解開與母親之間的心結吧？如果可以的話，我想讓她看起來不再那麼寂寞……」

自始至終，我的心儀對象就只有那麼一個，那就是妳，若桃──湊近若桃，木季之輕聲說道。

若桃總算是明白，為何木季之當初會說他是為自己而來。

她也知曉了，每當木季之望著自己時，流露而出的深沉眷戀，只不過……

「木季之，對不起……對於如何當一名人類，我雖然已經學習了好多年了，但對於男女感情之事，我似乎一直沒能捉摸透。」所以，她才會沒能讀懂木季之對自己的深情。

就連自己對木季之所抱持的，那樣陌生而複雜的感受，她也不知該如何定義……

「嗯，我知道啊！」木季之相當豁達地答道：「若非如此，哪個姑娘家會邀請陌生男子和自己同床共枕啊？」

他有些狡黠地笑了笑，「還好，妳邀請的人是我呢。」

「是啊。」想起當年那個一臉正人君子樣、和她說著「男女授受不親」的少年木季之，若桃不覺莞爾。

那和他後來總是藉機佔人便宜的輕佻樣，實在是差太多了。

不過，無論是從前的小四，還是現在的木季之……

「（……我真的都好喜歡。）」

「吶，木季之，之後你可以教教我嗎——真正的戀人之間應該是怎麼樣的。」若桃說道。她覺得意識越來越昏沈，好像就要睡過去了……

「嗯，好啊。我還要跟妳說好多好多……這些年來，我所遭遇的奇人異事，先前看妳的樣子，似乎相當感興趣。」木季之答道。他沒有能看向身旁的若桃——肩上越來越趨近於無的重量，說明著她即將要離去的事實。

「那麼可真是太好了。雖然我注定是無法離開這裡了，但聽你訴說著村外的那些事，感覺就像是和你一起到過那些地方似的……」輕輕地，若桃閉上了雙眼。

「吶，可以唸那首你先前寫的《桃夭》給我聽嗎？我也很喜歡那首詩——因為裡頭有著我和你的名字。」

「好啊。」木季之強忍著眼中的淚意。

「桃之夭夭，灼灼其華……」

最後一次了，他想要將自己這些年來抱持著的感情，化為詩句，訴說給身邊的少女聽。

「……之子于歸，宜其家室……喂，若桃，妳睡著了嗎？」被少女倚靠著的肩膀，已感覺不到任何重量。

木季之轉頭一看——他所思念著的那個人，已經不在了。

「好歹也聽我把詩給唸完啊……」

木季之支撐著身子，努力地站起來。

他看著眼前已被劈得大半焦黑的桃樹，若有所思。

還活著。

——雖然脆弱，但這株桃樹仍然還活著。

因此，其崩潰消散的靈體，或許有朝一日也會……

「只要還活著，這棵樹肯定會有再次花開的一天的，若桃，終有一日，妳也會再次甦醒過來的吧！」

到時，他要教導她何謂情人間的愛戀，還要和她分享許許多多的故事。

「……到時候，我再為妳把剩下的《桃夭》唸完吧！」

雖然，曾經消散的樹靈，就算再一次甦醒，也很有可能會遺忘先前的記憶，但只要能再見面，對木季之而言，這些都不是問題。

「先前遺忘過的記憶，妳不也都找回來了嗎？就算妳忘了，也還有我會記得。」

他記得，在美麗的桃源村裡，有一隻溫柔善良的桃花樹靈，她喜歡熱鬧、比誰都還要害怕寂寞。

所以，為防她哪日甦醒時感到不知所措，他得要在這裡陪著她才行。

不過，在那之前呢……

「實在是有點累了呢，讓我先歇一會吧……」捂著腹部的傷口，木季之終究是不支地跌坐在地。

從方才開始，腹部的傷口便沒有再滲血了——並非血止住了，而是因為早已無血可留。

閉上雙眼，木季之的腦海中，浮現出許多令人感到懷念的畫面。

他想起了桃花仍舊燦爛的那一日，站在桃林之中的她，笑語嫣然……

想起了，當初來不及說出口的那個承諾。

「我不會離開了——就在這裡…陪著妳。」

時隔多年，他總算對她說出了這個承諾。

乘坐在招來的異獸背上，石不換忍受著因山路顛簸而傳來的劇烈疼痛。

身負的傷雖然重，但好歹一條命是保住了，至於另外一位，可就沒有這麼幸運了……

（「不過，有件事情，我倒是要請你幫忙。」）

石不換想起了臨別前木季之和自己說的一段話。

（「幫我跑一趟永安鎮的木府，找到我的父親，跟他說：『他這個不肖的兒子，是不會再回去了，讓他自己要好好保重身體』。」）

「（使喚人倒是使喚得挺理所當然的啊！真當自己還是大戶人家的少爺……）」對於木季之這個師弟，他向來是看不順眼的，認為出身富貴的他任何方面都太過天真……不過，直到今日，他也不得不承認，作為一名術士，自己，的確是遠不如他。

「……我想，你的資質，並不僅限於修練咒術這一方面而已。」

他由衷地希望那隻桃樹精能好好地發揮其「辟邪」的專長，要不然……

「那樣可怕的執念……若哪天不幸轉化為邪祟，在這世上，又有哪個術士能收得了他啊！」一想到那樣的情況，石不換就打從心底地感到發毛。

「總之，看在同門一場的份上，這個請托，還是順路幫忙跑一趟吧！」

行動迅捷的異獸，飛也似的奔馳在山間，朝著某個城鎮的方向。

——朝著某人再也回不去的家鄉。

時光荏苒，春去秋來……不知經過了幾個時節，桃花盛開的日子再次到來。

這一日，一名樵夫挑著柴、哼著小曲，獨自走在山間小道中。

「咦？這個地方是……」

由於這一帶的地形相當複雜，一個沒留神，他便走進了某條陌生的岔路中。

要怎樣才能回到正確的路途中，他心裡完全沒有個底，但不知怎麼地，他卻不怎麼緊張。

憑藉著一股自己也說不上從何而來的直覺，他繼續前行，穿過了茂密的山林，行過了一處狹窄的山縫……

最後，他來到了一片周遭為群山所環繞的平緩谷地。

眼前的景象，令他感到有點眼熟──彷彿自己過去曾經到訪過此地似的。

「……奇怪了。」

對於自己心裡那股莫名的熟悉感毫無頭緒，樵夫繼續前進。荒僻的山谷之中，空無一人，清幽的景致卻別有一番韻味。

須臾，他因為映入眼簾的驚人景象而停下了腳步。

那是一株巨大的桃樹。其高大的樹身半邊似乎因曾受過某種創傷而枯死，餘下的半邊，卻是生機勃勃，在溫暖的春日之中，怒放著緋紅色的桃華。

樵夫的心中再次湧起了那股莫名的熟悉感。這一次，湧現而出的，還有一種暖和溫柔的感覺。

不知怎麼地，他幾乎可以篤定：自己曾經見過這株桃樹。

但究竟是在什麼時候呢……

「這位大叔，你怎麼會在這裡呢？是迷路了嗎？」

不遠處的身後，突然傳來了一陣輕柔的女聲。

樵夫轉過身一看，見到了一名貌美的粉衣少女。

方才明明沒見到這附近有人的啊——對此，樵夫感到相當不解。

「怎麼了嗎？」須臾，少女的身後又走來了一名面貌溫文的年輕男子。

見到樵夫，男子的表情似乎帶了點疑惑。

「這位大叔好像不小心迷路走進來了……」見狀，少女親暱的湊向男子，解釋道。

「請問……你們是住在這裡的仙人嗎？」望向面前的二人，樵夫不自覺地便問道。

「不好意思說了些奇怪的話。村裡的人們也總是說我傻、說我總愛胡言亂語的……」沒有等到兩人回答，半晌，他又道，面色看起來有些赧然。

「你並不傻，只是先天魂魄便有些缺損，和常人因而也有些不同……這也沒辦法。」只聽男子若有所思地呢喃著。半晌，只見他不知從何處取出了兩枚葉片，並排著捏在手中，「你不記得回去的路了吧？讓我來送你一程。」

樵夫目光呆滯地看著眼前奇異的景象。

——看似平凡無奇的葉片，竟在男子手中輕輕顫動著，像是蝴蝶成對的翅膀。一會，男子鬆開了手，只見脫出於手中的葉片，當真如同活生生的蝴蝶一般，翩翩飛舞了起來。

「跟在它身後，它會為你找到回程的路的。」男子對樵夫說道。

「謝謝仙人、謝謝仙人相助。」樵夫忙不迭地答謝。

「我不是什麼仙人，只是個離不開這裡的過客罷了！」男子的語氣有些感慨。他牽起身旁少女的手，往遠處山林的方向走去，「……許久不見，見到你這麼有精神的樣子，真是太好了。」

還沒待樵夫反應過來，男子與少女攜手同行的身影，很快就在視線裡消失無蹤。

這兩個人，自己似乎也是曾經見過的——望著兩人離去的方向，樵夫有些後知後覺地想道。

他想起了童年時期，一場經常出現的模糊夢境。

在那裡，有一位面容溫婉的婦人、一隻活潑的黃狗、許多親切的人們，還有一片永遠不會凋零的桃花……

「唉……怎麼可能呢。」回過神來，他不禁覺得這樣胡思亂想的自己實在是夠傻的。

這世上哪有可能存在什麼不凋的桃花呢？

走向在一旁等候已久的葉蝶，他準備踏上歸途。

今日的遭遇，就像是一場奇幻的夢境，回村之後，即便說給別人聽，也沒有人會相信的吧！

但是，他想自己直到很久很久以後……也還會記得的。

就像他依然還牢記著童年的那場夢境。

——夢裡，那一株美麗的巨大桃樹，在這個春日的山谷裡，再次花開燦爛。

（全文完）

【後記】

準備出版前置作業的這段期間，恰逢武漢肺炎盛行，世界各地令人訝異的新聞接連不斷，而身在日本的我，前陣子也收到了公司的通知，需要進行工作地點的調動……許許多多的轉變，來得是既突然又難以預料。

事情會不斷改變，人亦然，出版一部作品，或許也像是對某一段當下的紀錄，我想，待日後回頭來看自己的這一部作品、這一段文字，感受想必會和現在有很大的不同吧！

在創作這件事情上，我特別喜歡利用舊有的素材，拼湊出一個嶄新的故事。

那些素材，可能是一篇詩詞、一首歌曲、一張圖畫……對我而言，它們可能本身就敘述著一段引人入勝的劇情，而我喜歡加入自己的想法，將其擴寫為自己的故事。

我想，一個擁有豐富想像力的人，真的是很幸福的，因為他能夠在每個平淡無奇的時刻，挖掘出更多的樂趣。

就拿一段歷史課本上的課文來說，對某些人而言，它或許只是一段枯燥乏味的文字，裏頭包含了許多考試必要的知識點，但一個想像力豐富的人，可能早已跳脫既有的文字框架，將其腦補為一場配樂優美、畫面磅礴的電影。

所以一個擁有豐富想像力的人，是幸福的。

而若能將那些無形的想像，化作有形的文字、圖像、音符……分享給大家，我想那不只是一種幸福，更需要一點幸運。

我想我是既幸福又幸運，這次出版實體書的機會，對我來說就像是美夢成真，真的是萬分感謝。

這次所寫故事的素材來源，是中學時期國文課本的必選文——陶淵明的桃花源記。

當初在讀這篇文章時，就覺得其帶有一種鮮明的奇幻色彩。對該名武陵人而言，文中所述的桃花源是真的存在嗎？若是真實存在，為何後來又遍尋不著了呢？針對這些疑點，似乎可以做出許多有趣的設想。

在《桃源花開》這個故事中，我想要描寫的重點是「謊言」。桃源村的存在本身，便是桃樹精為逝去的村民們撒下的一個滔天大謊，而為了讓桃樹之靈所化的女主角能夠無憂無慮地活下去，男主角也是一次又一次地欺騙了她，每一次再見，都成了初見。

但由於在那種種行為背後的動機，欺騙可以很真誠，謊言也可能很美麗。

在我看來，《桃源花開》並不算是一個格局龐大的故事。它的故事背景是發生在一座與世隔絕的小村，故事中出現的角色不多，且人物之間的關係相對簡單，驅策著每個角色行動的，更是一個相當簡單明確的念頭。如：若桃失去所愛的寂寞、木季之追求溫暖的執著、阿恆與彩英對彼此的承諾……

但即便每個人懷揣的想法是那樣簡單易懂，在各異的選擇之下，故事的發展也就有了無限的可能性。

我想，這也正是創作的過程中最有趣也最糾結的地方，但無論如何，我認為我個人還是比較偏好完滿的結局的，這也就是為什麼在花謝之後，還能看到最後的「桃源花開」。

正如同大部分的推理小說，都會將真相押在終末，我的劇情編排，也不是照著大綱的時間軸、依事件發生的先後順序來寫。

我希望每個閱讀這個故事的人，最初都能像故事中大部分的角色一樣，認為「桃源村」的存在是個事實，並且隨著劇情的發展，逐步發現那些掩藏在平和日常下的詭異之處、看到包裹在謊言中的最後真相。

希望我的這個故事，有成功地表現出那種出乎意料的氛圍，更希望在故事落幕的同時，停留在讀者腦海中的，會是一幅清風徐徐、落英漫天的美麗畫面。

釀奇幻43　PG2371

桃源花開

作　　者	蘆篤啼
責任編輯	喬齊安
圖文排版	陳怡蕙
封面設計	劉肇昇
出版策劃	釀出版
製作發行	秀威資訊科技股份有限公司 114 台北市內湖區瑞光路76巷65號1樓 電話：+886-2-2796-3638　傳真：+886-2-2796-1377 服務信箱：service@showwe.com.tw http://www.showwe.com.tw
郵政劃撥	19563868　戶名：秀威資訊科技股份有限公司
展售門市	國家書店【松江門市】 104 台北市中山區松江路209號1樓 電話：+886-2-2518-0207　傳真：+886-2-2518-0778
網路訂購	秀威網路書店：https://store.showwe.tw 國家網路書店：https://www.govbooks.com.tw
法律顧問	毛國樑　律師
總 經 銷	聯合發行股份有限公司 231新北市新店區寶橋路235巷6弄6號4F 電話：+886-2-2917-8022　傳真：+886-2-2915-6275
出版日期	2020年4月　BOD一版
定　　價	270元

國家圖書館出版品預行編目

桃源花開 / 蘆鶯啼著. -- 一版. -- 臺北市 : 釀出版, 2020.04
面 ; 公分. -- (釀奇幻 ; 43)
BOD版
ISBN 978-986-445-388-7(平裝)

863.57 109003953

讀者回函卡

感謝您購買本書，為提升服務品質，請填妥以下資料，將讀者回函卡直接寄回或傳真本公司，收到您的寶貴意見後，我們會收藏記錄及檢討，謝謝！

如您需要了解本公司最新出版書目、購書優惠或企劃活動，歡迎您上網查詢或下載相關資料：http:// www.showwe.com.tw

您購買的書名：________________

出生日期：_______年_______月_______日

學歷：□高中（含）以下　□大專　□研究所（含）以上

職業：□製造業　□金融業　□資訊業　□軍警　□傳播業　□自由業
　　　□服務業　□公務員　□教職　□學生　□家管　□其它_____

購書地點：□網路書店　□實體書店　□書展　□郵購　□贈閱　□其他

您從何得知本書的消息？

□網路書店　□實體書店　□網路搜尋　□電子報　□書訊　□雜誌
□傳播媒體　□親友推薦　□網站推薦　□部落格　□其他_________

您對本書的評價：（請填代號　1.非常滿意　2.滿意　3.尚可　4.再改進）

封面設計____　版面編排____　內容____　文／譯筆____　價格____

讀完書後您覺得：

□很有收穫　□有收穫　□收穫不多　□沒收穫

對我們的建議：________________

____

____

____

請貼
郵票

11466
台北市內湖區瑞光路 76 巷 65 號 1 樓
秀威資訊科技股份有限公司 收
BOD 數位出版事業部

....

（請沿線對折寄回，謝謝！）

姓　　名：＿＿＿＿＿＿＿＿＿＿　年齡：＿＿＿＿　性別：□女　□男

郵遞區號：□□□□□

地　　址：＿＿＿＿＿＿＿＿＿＿＿＿＿＿＿＿＿＿＿＿＿＿＿＿＿＿

聯絡電話：(日)＿＿＿＿＿＿＿＿＿＿ (夜)＿＿＿＿＿＿＿＿＿＿

E-mail：＿＿＿＿＿＿＿＿＿＿＿＿＿＿＿＿＿＿＿＿＿＿＿＿＿＿